MOUNTAIN

登自己的山

All This Wild Hope

女儿的身体冻结成冰

旭川女中学生霸凌冻亡事件

日本文春在线特辑组 著

董纾含 译

GUANGXI NORMAL UNIVERSITY PRESS

广西师范大学出版社

·桂林·

图书在版编目（CIP）数据

女儿的身体冻结成冰：旭川女中学生霸凌冻亡事件 /
日本文春在线特辑组著；董纾含译. —— 桂林：广西师范大
学出版社，2024.4

ISBN 978-7-5598-6818-3

Ⅰ.①女… Ⅱ.①日… ②董… Ⅲ.①纪实文学 – 日本 –
现代 Ⅳ.①I313.55

中国国家版本馆CIP数据核字(2024)第047008号

著作权合同登记号桂图登字：20-2024-004号

NVER DE SHENTI DONGJIE CHENGBING:XUCHUAN NVZHONGXUESHENG BALING
DONGWANG SHIJIAN

女儿的身体冻结成冰：旭川女中学生霸凌冻亡事件

作　　者：日本文春在线特辑组
译　　者：董纾含
责任编辑：谭宇墨凡
特约编辑：卢安琪　王子豪
装帧设计：曾艺豪@大撒步
内文制作：陈　皓

广西师范大学出版社出版发行

　广西桂林市五里店路9号　邮政编码：541004
　网址：www.bbtpress.com

出　版　人：黄轩庄
全国新华书店经销
发行热线：010-64284815
北京华联印刷有限公司
开本：860mm×1092mm　1/32
印张：8.75　　　　字数：129千　　　　插页：2
2024年4月第1版　2024年4月第1次印刷
定价：49.00元

如发现印装质量问题，影响阅读，请与出版社发行部门联系调换。

目 录

前言

　　一个叫广濑爽彩的孩子去世了。希望贵编辑部能够调查她的死因。她似乎在学校遭受了霸凌，还被卷入事件之中。（略）请贵编辑部务必关注这件事，帮忙找出事实真相，为死去的爽彩昭雪。

　　一切始于文春在线[1]特辑组的官方推特在 2021 年 3 月 26 日收到的这样一条私信。其中提到一个十四岁女生

1　系日本出版社文艺春秋于 2017 年起运营的综合新闻网站。

的死，原因涉及霸凌，但在我们收到这条私信时，尚未有媒体报道她失踪后遗体被发现的消息。我们一开始对整起事件的相关信息掌握得并不充分。我们循着这位知情人士提供的信息，与被害人的母亲及亲属取得了联系，4月1日，我们前往北海道的旭川市。当时，我们还不知道，爽彩生前遭受了超乎想象的残酷霸凌，随后的采访竟然耗时整整六十天。

4月，东京的樱花已经开始四散飘落，旭川却仍有冰雪未融，早春的樱花更是迟迟未到。不穿外套还会感觉十分寒冷。爽彩的母亲和亲属在接受我们采访时表示，他们完全无法接受爽彩的死亡，并且对矢口否认爽彩在校期间遭受霸凌的校方以及旭川市教育委员会产生了深深的不信任。当时，爽彩母亲的表情并不是"愤怒"，而像是对一切都感到筋疲力尽。爽彩的死因尚未查明，但她整个人都已经形容枯槁了。

我们慎重地调查取证，花费约两周的时间走访了相关友人、援助者、学校相关人士、附近住户等等，收集了大量证词与物证。随着采访过程的深入，我们发现参与这起悲惨的霸凌事件的加害者竟然全部是未成年人。

此外，加害学生的行为远远超出以往的霸凌形式，他们在社交媒体上传播受害者被猥亵的图像，这已经涉及性犯罪。

为了确认事实，我们也采访了加害学生。考虑到受访对象是未成年人，我们在采访过程中非常谨慎。我们事先联系这些少年少女的监护人，只在有监护人陪同的情况下进行采访，甚至对于有些孩子，我们仅仅采访了他们的监护人。我们询问他们对霸凌爽彩的行为有什么样的认识，以及现在对爽彩的离世有什么样的感受。无论相貌还是声音，采访组面前的加害学生都是些随处可见的少年少女，可让人感到异样的是，所有的加害学生及其监护人都回答说"霸凌她的不是我"，试图将责任转嫁他人。更有甚者，死者明明是他们身边非常熟悉的人，有些加害者的脸上却挂着轻蔑的笑容，说实话，整个采访组对此难掩震惊。

对相关人员的采访告一段落后，接下来就是在网络上发布报道文章了。到这一阶段，采访组又陷入了一个两难的抉择。

究竟要不要在报道中刊登爽彩的真名和照片？

我们担心，如果使用真名，有可能会对死去的爽彩及其遗属造成二次伤害。但如果不使用真名报道，整个事件的轮廓就显得十分模糊，也很难向更多人完整地述说爽彩遭受的霸凌。我们不知道如何抉择，尽管和她的遗属进行过数次沟通，但都没有得出明确的结论。

　　最终，爽彩的妈妈做出了艰难的决定："我希望能有更多人为爽彩在这世上努力活过的十四年作见证。她并不是简简单单地选择了死亡。我希望能刊登她的真实姓名和照片，让更多人知道爽彩曾经努力抗争过霸凌这一事实。"编辑部也认为，应当尽最大可能忠实还原爽彩遭遇的卑劣霸凌，因此决定在报道中使用她的真名以及照片。

　　4月15日，我们在网络上发布了第一篇报道，很多读者为这起事件的惨状而痛心，行将熄灭的火焰重新引发了舆论。此外，旭川市教育委员会成立了新的第三方委员会，再度开展霸凌问题的调查工作。可与此同时，在 YouTube 等网络平台上开始出现形形色色与该事件无关的流言，一些曝光真实姓名的"人肉行为"和"诽谤中伤"导致新的受害者出现了。

"就算爽彩死了也没人会难过，第二天所有人都会忘了我的。"

爽彩生前曾经对她的妈妈说过这样一句话。可是，采访组知道，爽彩的死令无数人感到悲伤，也牵动了无数人的心。

本书是以文春在线发布的"旭川十四岁少女霸凌冻亡事件"共计二十二篇报道文章为基础，经过增删修改，再度编辑而成。此外，文末附有爽彩母亲的亲笔信，关于她和女儿共度的这十四年日日夜夜的回忆。

在此十分感激在悲痛之中仍勉力协助采访工作的爽彩母亲、亲属，以及各位援助者。

最后，我们衷心祈祷广濑爽彩的灵魂可得安息。

文春在线特辑组

1

遗体冻结成冰

我们在找这个女孩！！！

广濑　爽彩（14岁）

身高　　　160cm左

体型　　　微胖

2021年2月13日从旭川市
家中离开后失踪。
失踪当天背着蔻驰双肩包，
穿着一双MOZ长靴。

平日都会戴照片中
这副黑框眼镜。

←

酬谢金　　150万 日元

但以确认她还活着、能够和家人见面为前提，

且仅限于提供最关键信息者或者救助者一人。

因酬金与警方无关，请事先与家属联系！！

爽彩失踪后，她的家人为征求线索而散发的传单

爽彩搜救会官方Twitter

希望爽彩能够早日与亲人团聚。

失踪 38 天后，她被找到了

> 感谢大家的帮助。女儿现在的模样令人心
> 痛，但我们今天终于找到她了。

2021 年 3 月下旬的北海道旭川市，住宅街上还残留着近一米厚的积雪，令人觉得春天还十分遥远。市内公园的积雪微融，人们在雪中发现了居住于市内的初中二年级学生广濑爽彩，她的尸体已面目全非。失去挚爱女儿的母亲在自己的社交账号上写下了开篇的这段话，倾诉内心的悲伤。

爽彩在 2 月 13 日傍晚六点后走出家门，下落不明。

她的家人、朋友以及援助者们花费一个多月的时间，拼命寻找她的去向，可最终，她还是没有回到自己的家中。

搜寻爽彩下落的某位亲属讲述了发现遗体时的情况：

发现爽彩的地方，是距离她家几公里以外的一座公园。找到她的时候，我们发现她穿得很少，只有一条薄裤子和 T 恤，上身套了一件连帽衫。尸检结果显示她的死因是失温症。死亡时间只能笼统断定是在 2 月中旬。

爽彩离家的那天夜里，气温低于零下17℃，冷得能把什么都冻住。在严寒中穿着那么单薄的衣服外出，她的体力可能连三个小时都维持不了。爽彩就那么在公园筋疲力尽地倒下了，大雪不断落在她身上，越积越厚，所以谁也没有发现她，直到 3 月下旬。

天气变暖之后，积雪略微融化了一些，遗体的一部分露了出来。公园附近的居民发现了她的遗体，通报了警方。警察们赶过来用铁锹铲走积

　　　　　　　　　女儿的身体冻结成冰

雪，把爽彩挖了出来。她的遗体很冷，还处于结冻状态。

我不知道她的死因是不是自杀。她失踪当天的确在LINE上暗示过想自杀，但这种意愿强烈到什么程度就不得而知了。她的遗体为什么出现在公园，整件事的前因后果，还有她死亡时的具体情况都尚不明了，所以无法断定她是自杀。

对于一个还在憧憬美好未来的十四岁少女来说，这种死状未免过于残酷了。爽彩的身上究竟发生了什么？

爽彩遗体被发现的三天后，文春在线编辑部接到了来自爽彩母亲的援助者的联系。据这位援助者所说，爽彩自从2019年4月开始就读本地的Y中学起，就遭受了附近中小学生的"性侮辱"。她因此产生了PTSD（创伤后应激障碍），直到死前还备受心理创伤的折磨。

采访组赶往旭川。不过，鉴于本事件的相关者大多是未成年人，所以我们在对涉事未成年人进行采访时，需要向其监护人提出申请。采访也是在尽可能慎重的情况下推进。

同时，采访组通过援助者向爽彩母亲提出了采访请求。爽彩的母亲极度憔悴，但她仍然同意接受我们的采访，并表示："将这件事说出口真的很痛苦，但我希望类似的悲剧今后不再发生。而且，我也希望大家能知道，一个叫爽彩的女孩曾经来过这人世。"

今天，我准备去死

2006年，爽彩生于旭川市，在这里成长，她和母亲两个人住在市内的公寓里。大约十年前，母亲在爽彩还年幼的时候就与丈夫离婚，作为单身母亲抚养女儿。她无数次回忆起爽彩失踪那一天的情景。

那一天，傍晚五点钟左右，我因为工作需要必须出趟门。我去爽彩房间跟她说："妈妈要出去一个小时，很快就回来。等我回来了，我们去吃烤肉吧？"她回答说："今天就不去了。你捎份便当回来就好。路上小心喔。"没想到，那就是我和女儿最后的对话了。

　　我出门大约一小时后，警方突然打来电话。对方是一位男警官，非常急切地催促我："请快把你家门打开。"该不会是女儿出什么事了吧？想到这儿，我立即往家赶。

　　回到家时，我家门口已经聚集了很多警察。他们让我"确认爽彩是否安全"。我马上走进家门。屋里开着灯。可是，女儿明明一小时前还在屋里，现在人却不见了。（爽彩母亲语）

爽彩什么都没和母亲说就跑出了家门。在失踪前，她曾将暗示自杀的 LINE 信息发给了好几个朋友。

　　我女儿没有上学，也不外出，差不多有一年的时间，她基本都待在家里。不过，她在Discord（一款面向游戏玩家的语音聊天软件）上交到了朋友。就在走出家门前的傍晚五点半左右，我女儿用 LINE 和这位朋友告别，内容是：

"在吗？"

"我决定了。"

"今天，我要去死。"

"我一直都特别害怕。"

"什么都做不了。"

"真抱歉。"

　　同样的信息她还发给了其他几个人，其中一人向警察通报说，"旭川有个叫广濑爽彩的女孩好像准备自杀"。警察接到通报后，就给我打了电话。（讲述人同前）

　　爽彩失踪当日，2月13日傍晚六点，气温已经跌到了冰点以下。室外冰雪严寒，就算是成人，长时间在户外行走也有生命危险。而失踪当天，爽彩只穿了单薄的衣裳，外套还留在家中，身上也没带现金。母亲无数次拨打她的手机，可她并没有开机，无法取得联系。警方也无法定位到手机内置的 GPS。没有人知道她究竟去了哪里。

即便如此，警车的搜索仍在展开，他们派出了搜救犬。失踪第二天，警方动用了直升机在城市上空搜寻。此后，她的亲属和志愿者们也加入进来，准备了一万张印有爽彩照片及体貌特征的传单，开始了大规模的搜救行动。

搜查和发传单的行动是分头进行的。当时，爽彩就读的 X 中学的老师也每天帮忙寻找。志愿者们通过地方广播电台扩散寻找爽彩的消息，还（在广播里）对她喊话。搜索的范围扩大到了旭川以外，传单甚至发到了 100 多公里外的札幌，可是仍旧没有找到我女儿。（讲述人同前）

自从遭受霸凌，一切全都变了

爽彩失踪后第 19 天，3 月 4 日，搜寻行动陷入僵局，警方决定进行公开搜查。后来，在爽彩失踪后的第 38 天，3 月 23 日下午两点半，悲报传到了爽彩母亲的耳边。

警察打来电话，说要我去旭川东警察局确认遗体身份。我当时拼命告诉自己，"绝对不会是爽彩的，那个孩子还活着"。我甚至想在电话中直接告诉警方，"不对，你们一定搞错了"。可是，我到了警察局，在停尸间看到遗体后，的确是那个孩子。我的女儿已经冻成了冰，我不停地对她说着"对不起"。（讲述人同前）

　　我们的采访是在爽彩家客厅进行的。除了母亲，爽彩的亲属和志愿者们也都聚在这里。佛龛上摆着一张爽彩的遗照，她在照片中温柔地微笑着。

　　直到现在，我都忘不了生下她的那一天。她出生时的体重是 3384 克，是个特别有活力的女孩子。她从小就是个健康的宝宝，很爱吃东西。在还能开心去上学的日子里，有次她回家还跟我讲："今天在学校吃饭的时候，我添了五碗呢！"我女儿特别喜欢坐在绿树环绕的长椅上安静学习，还说自己最爱听小鸟的叫声。（讲述人同前）

爽彩亲属们的声音也在发抖。

　　遗像照片是在八个月前，也就是去年夏天拍的。爽彩很久没有出过门了。那天出门后，她偶遇了朋友，所以大家就一起拍了这张照片。从爽彩出生那年起，每逢七五三[1]一类的节日，都会在照相馆拍纪念照。

　　可是，自从她进入初中遭受霸凌，她就开始躲在家里，基本没有再拍过照了。

　　以前她总是说："我将来要去法务省工作，成为正义的伙伴。""那不做检察官，做律师怎么样？"她就会回答："我不想站在坏人那边。"

　　可是，自从遭受霸凌，一切全都变了。爽彩反复否定自己，经常能听到她在房间里自言自语"对不起，对不起""杀了我吧"。她还说"外面好可怕"，然后就再也不走出家门了。

———————————

1 日本庆祝儿童成长的节日，三岁、五岁的男孩和三岁、七岁的女孩在 11 月 15 日穿上和服前往神社祈拜。

爽彩以前就特别喜欢画画，她的画一向是五彩缤纷，分外明亮。但从那以后，她的画也变了。

（亲属语）

2019 年秋天起，爽彩开始足不出户。后文的插图就是她在那之后创作的。先前她笔下那种色彩丰富的风格已经消失，颜色也变成了单调的黑白。有一张画上面写着"没用，你明明知道的"。这或许正是她内心的哭喊。

短短十四年的人生落下帷幕，爽彩留下妈妈一人，去了天堂。导致她精神濒临崩溃的霸凌，其残酷程度超出采访组所有人的想象。在大人们并不知晓的地方，发生了那起践踏爽彩尊严的"事件"。

图中文字为：没用，你明明知道的。

2

霸凌的凄惨实情

谢谢妈妈养育了我。
接下来的日子也请多关照。
在初中里，我也会继续努力的！
广濑爽彩

小学毕业时，爽彩亲手制作并送给母亲的卡片

进入初中后，她的笑容消失了

为什么这名读初二的少女会如此悲惨地死去？文春在线采访组在当地继续推进调查采访后发现，爽彩在2019年4月进入Y中学就读后不久，就开始持续遭受极其残酷的霸凌，严重程度甚至一度惊动警方展开调查。直到2021年2月失踪前，爽彩始终生活在霸凌导致的PTSD的阴影之中，不断重复着入院、出院的生活，始终把自己关在家中，不敢再出门。

爽彩的母亲对女儿遭受霸凌的事情是知情的，在爽彩入学Y中学2个月之后，当年6月份的时候，爽彩的母亲就曾经和亲属商量，发觉"女儿表现得有些奇怪"。

采访时，爽彩的某位亲属痛心疾首地说："遭受霸凌之后，爽彩就好像完全变了个人。"

> 她已经不是过去那个爽彩了。该怎么说呢，周围人都能看出来，爽彩在遭受霸凌前后明显不一样了。她以前是个爱笑、爱出门、爱学习的孩子，一个会向所有人声称"我将来要成为检察官"的孩子。结果，以受到霸凌为时间节点，她后来就不去学校和补习班了。医生诊断她患上了PTSD，最后她完全躲进自己的房间里生活。（讲述人同前）

2019年4月，爽彩进入了当地的Y中学。因为学区的关系，爽彩的小学同学里只有寥寥几人进入这所中学。听说她并不太能融入新的班级。

爽彩与霸凌团体产生交集，发生在刚入学没几天的4月中旬，地点是在学校附近的一座儿童公园。据说，这座绿意盎然的公园是附近中小学生时常来玩耍的场所。

女儿的身体冻结成冰

自从念初中起，爽彩放学后经常在这个公园里学习或者读小说，直到要去上补习班的时间。很快，她在那座公园里认识了同一中学的几个高年级学生，其中就有高她两级的 A 子。

刚开始的时候，爽彩时不时在公园和 A 子聊天，晚上回了家之后，她们也会一起连麦打网络游戏。可是，自从 A 子把朋友 B 男，以及在附近 Z 中学读书的 C 男拉进这个小团体之后，情况就发生了变化。晚上几个人一块儿玩游戏时，他们开始不断开黄腔，并且变本加厉，也就是从这阵子起，A 子、B 男、C 男开始霸凌爽彩。（讲述人同前）

原本天真烂漫的爽彩脸上逐渐失去了笑容，在家里也常是一副阴郁苦恼的模样。5 月份的某天，她有生以来头一次对母亲吐露："妈妈，我真想死……"前文提及的爽彩亲人还这样说道：

她以前从来没有说过这种话，那次却突然冲

出房间脱口道："妈妈，我真想死。我实在受不了了。"她妈妈就问："发生什么事了？你是不是被霸凌了？"但当时爽彩回答说："没事，不是那回事。"

黄金周的某天，大概凌晨四点钟，B男在LINE上喊爽彩出去。于是，她慌慌忙忙地要跑出家门。她妈妈当时拦住了她，但无论怎么劝阻，爽彩都坚持说："别人喊我了，我必须去。"当时闹得很凶。她妈妈好不容易拉住了她，但是在那以后，她似乎显得非常害怕。

不断索要淫秽照片

爽彩身上究竟发生了什么？后来，她的母亲从警方和霸凌团体成员的监护者口中得知的情况是，C男曾经反复要求爽彩将自慰的视频和照片发给他。采访组在采访事件相关的本地人士时，也确认了C男发给爽彩的LINE信息内容。

　　　　　　　女儿的身体冻结成冰

6月3日，C男给爽彩发送了这样一条消息：

把你的裸体视频发我。

照片也行。

发我发我。

（你要是不发）我就不戴套搞你。

C男死缠烂打地要求爽彩用手机拍摄自慰的照片发送给他。当时只有十二岁的爽彩几度拒绝了C男的要求，于是，C男就发送了上述含有暴力胁迫内容的消息。爽彩在极度恐惧之下将含有淫秽内容的照片发送给了C男。从此以后，A子、B男和C男开始光明正大地霸凌爽彩。

事情发生后，A子假装一副朋友的亲切模样，对爽彩说："你不要紧吧？我是站你这边的。"与此同时，她得知C男拿到了爽彩的淫秽照片，立即催促他"给我也发一份啊"。C男就把爽彩的照片转发给了A子。此后，爽彩的照片被发到一个有数名中学生的LINE群里。（爽彩亲属语）

看到爱女整日战战兢兢的反常模样，母亲十分担心，数次去找她中学的班主任商谈，询问对方"我的女儿是不是被霸凌了"。

4月一次，5月两次，6月一次，爽彩妈妈去找了班主任好几回，请求说："爽彩应该是被霸凌了，请您调查一下。"班主任却从不愿正面回应，总是敷衍说"那些孩子（指A子等人）只是淘气了点儿，不会霸凌别人的"或者"我今天要和男朋友约会，可以明天再谈吗"。（讲述人同前）

同时，霸凌却变得愈发凶残狠毒起来。6月15日，A子他们把爽彩叫到了之前那座公园。

当时，公园里草木比较茂盛，从外面很难看到里面的状况。A子、B男和C男，以及与C男读同一所初中的D子、E子也随后赶来。再加上几个在公园游戏的小学生，一群人将爽彩团团围住。

女儿的身体冻结成冰

接下来，有个男生突然开口说："爽彩给初中男生发了裸照，而且还做了很龌龊的事。"于是，将爽彩围住的 A 子、D 子还有 E 子这几个女初中生强迫爽彩当场自慰给她们看，大声叫嚷："那你现在就做啊，做给我们看嘛。"

后来，A 子几人觉得"在公园可能会被人发现"，又将爽彩拉到了公园旁边小学里的一个无障碍厕所内，再度强迫她自慰。在一群人的围堵下，她既逃不掉也无法求救，只能顺从了她们的要求。（讲述人同前）

自这起"事件"发生后，爽彩变得自暴自弃起来。面对看不到尽头的霸凌，她只敢回应说"随你们便吧""我知道了"。恐怕她已经没有抵抗的力气了。

就这样，爽彩没有找任何人倾诉，一直忍耐着可怕的霸凌。然而，霸凌在此后进一步升级了。

3

少女跃入河流

爽彩跳河的现场

"如果你根本没准备死，就别说要去死好吧"

2019年6月22日，爽彩被A子等近十人围住，最终从高达四米的堤坝上跳进河中。这一事件惊动了警方。

这起"跳河事件"被当地的杂志《media旭川》（2019年10月号）报道了出来。

报道中这样写道："因得知自己的不雅照片和视频被男学生在社交网络上扩散，女初中生的精神濒临崩溃，试图从桥上跳河自杀，未遂。"

爽彩母亲的亲属如此解释道：

这篇报道搞错了主犯是谁，内容里也有一些

和事实相左的细节，但爽彩跳河本身是真实发生过的事。她跳的那条河叫肋骨川，就从她曾遭受霸凌的那座小学附近的儿童公园旁流过。

采访组也去了爽彩跳河的事件现场。河流沿岸的人行道封了栅栏，不允许人进入。除非跨过这些栅栏，否则无法靠近河岸。河岸的堤坝由水泥浇筑铺装，离河面有四米高。肋骨川是一条很浅的小河，宽度仅约三米。附近虽然有住宅，但鲜有人通行。

那天下着雨。傍晚六点钟，霸凌团体的Ａ子和Ｃ男，还有其他中学的学生以及几个小学生，总计有十多人聚集在肋骨川的堤坝上。这也是后来妈妈听爽彩本人讲的，当时其中一个学生笑着对爽彩说："你做的那些事还有人不知道呢，我现在就告诉他们。你那些照片我也要发给全校人看。"爽彩央求他："求求你不要……"对方说："那你就去死啊。"

爽彩当时似乎回答说："我知道了。我会去

　　　　　　　　女儿的身体冻结成冰

死，请你们把照片删了吧。"可是有别的学生起哄道："如果你根本没准备死，就别说要去死好吧。"爽彩在所有人的起哄声中跨过了围栏，下到水泥浇筑的河堤上，然后跳进了河里。这哪里是"自杀未遂"，根本是为了逃脱霸凌团体，被逼得只能去跳河了。（讲述人同前）

在跳河前，爽彩给学校打了求救电话，"请救救我"。接到联络的校方联系了爽彩的母亲，在电话中告诉她："请您赶快来公园附近的河边！"于是，爽彩的母亲匆忙赶到了现场。

她妈妈跑到河边的时候，爽彩正被几个男老师抱着。她身上的运动服全湿了，看上去像是刚被人从河里捞上来。爽彩哭喊着"我不想活了"，而那些霸凌她的学生，就在公园那一侧的人行道上隔着栅栏盯着她。（讲述人同前）

据说，有一名目击者在河对岸看到了整起事件的经过。

那个人（目击者）看到爽彩跳进河里，非常担心，立刻报了警。她告诉爽彩的妈妈："我全都看到了，一个女孩被好多人围住，那明显就是被霸凌了。那个女孩跳河的时候，周围那些人纷纷举起手机拍照。"（讲述人同前）

采访组希望能够当面询问这位目击者，但在事件现场附近寻访时，却不幸得知这位目击者已经去世了。

加害者无一受到惩罚

所幸，爽彩跳河后并未受伤。然而，那些霸凌她的加害者害怕自己的行径暴露，便对赶来的警察撒了谎，声称"这孩子一直受到她妈妈的虐待，她说自己实在受不了了，很想死，所以才跳河的"。

据说，警察当时完全听信了加害者们的虚假证词，甚至还阻拦爽彩的母亲陪女儿一起去医院。

女儿的身体冻结成冰

不过，警察随后查明并不存在虐待的事实，
爽彩的妈妈这才能见到住院的女儿。

在跳河那天晚上，警方将爽彩的手机还给了
她妈妈。明明是开着机的，可那些在肋骨川告诉
警察"我们是爽彩朋友"的学生，却没有一个人
发来信息关心她。爽彩的妈妈感觉有些不对劲，
以防万一，她打开了爽彩的LINE，结果看到了
聊天记录中Ａ子、Ｂ男和Ｃ男霸凌爽彩的文字和
照片。（讲述人同前）

自从该事件发生后，警方也注意到了霸凌情况的存
在。事件数日后，旭川中央警察局少年课从爽彩手机的
聊天记录中掌握了霸凌情况，于是展开了搜查。最初，
霸凌爽彩的加害者们将自己的手机格式化，试图隐藏、
消灭霸凌的证据，但警方将数据悉数恢复，看到了他们
拍下的那些淫秽视频和照片。

随后，警方审讯了参与霸凌的全部初中生和小学生。
爽彩的母亲也是在听警方讲述了整起事件的概要后，才
第一次知道爽彩经受霸凌的全貌。前文提到的爽彩亲属

这样说道：

> 警察请她妈妈确认加害者拍下的照片，问她
> "这是爽彩没错吧"。那些照片真的很过分。其
> 中有爽彩裸露上半身的照片，还有露出下半身的
> 照片和视频。裸露上身的照片没有拍到爽彩的脸，
> 但是衣服的确是爽彩的衣服。

根据警方的搜查结果，屡次胁迫爽彩发送淫秽照片
的加害者 C 男违反了儿童色情法的相关法令，也触犯了
儿童色情制品的相关法律。但是，C 男当时未满十四岁，
免于追究刑事责任。警方只是基于《少年法》判定他为"触
法少年"，予以严重警告。A 子、B 男、D 子、E 子等
霸凌团体的其他成员也就是否触犯"强迫罪"接受调查，
但因为证据不足，仅仅受到严肃警告的处分。事件现场
的公园在那之后就禁止小学生进入，但这些加害者中没
有一个人受到惩罚。

> 然而，他们连一点反省之心都没有。搜查结

女儿的身体冻结成冰

束后，警方将爽彩的照片和视频数据从加害者的手机中全部删除了。可是第二天，加害者中的一人就用电脑恢复备份，找回了数据，然后再度发到加害者们所在的聊天群里。后来，警方又将包括电脑数据在内的已扩散照片全部删除，可是又有其他加害者将手机 App 中储存的照片再度泄露出去。自那以后，淫秽照片一直在持续传播。（讲述人同前）

最终，出院后的爽彩和母亲于 2019 年 9 月搬走，爽彩转学去了市内另一所 X 中学。然而，爽彩始终深受霸凌后遗症的折磨，医生诊断她患上了 PTSD。爽彩几乎没去新学校上过课，只能整日待在家中生活。

此后一年多的时间里，爽彩仍旧生活在 PTSD 的阴影下，最终于 2021 年 2 月 13 日失踪，于 3 月 23 日被人发现，已经面目全非。

我们请求爽彩和加害者曾就读的本地 Y 中学确认霸凌一事，然而，该中学的回答是"涉及个人信息的个别案件，无可奉告"。我们也向该中学的上级单位旭川市教育委员会确认情况，但教委也只是回答"对个别案件无可奉告"。

事件发生时，Y中学的某位教师认为这确实是霸凌事件。这位老师告诉采访组："加害学生们接受了严厉的指导教育。有些孩子哭着表示反省，但也有孩子撒了谎，还将责任扣到其他学生身上。这些孩子的反应各不相同。正当教职员工们聚在一起商讨该如何帮助爽彩重返学校的时候，她就转校了。"

A子、B男、C男、D子、E子等人组成的未成年人加害团体，对爽彩的死亡作何感想呢？采访组取得了他们监护人的同意，在有监护人陪同的情况下，向他们提问——

女儿的身体冻结成冰

4

加害者说了什么?

发生霸凌的公园

"我没什么想法"

爽彩遭受霸凌事件被曝光已过去两年。这些加害学生已经从初中毕业，目前仍然居住在旭川市，采访组想要听听他们的说法，于是与这些少年少女的监护人取得了联系。其中，A子和B男在监护人陪同下接受了采访，C男、D子、E子则是由监护人代为接受采访。

被怀疑扩散淫秽照片的A子现在16岁。她一头茶发，戴着耳环，看上去要比实际年龄成熟些。

——你和爽彩是什么关系？

"朋友。"

——你手上有她的淫秽照片吗？

"没有。"

——有证词说，A子小姐你当时对C君说了"把爽彩的淫秽照片也发我"，有这回事吗？

"没有。"

——你看过那些淫秽照片吗？

"看过。"

——看到照片的时候有什么想法？

"没什么想法。"

——你没有想过为什么会有这种照片吗？

"哦，我当时以为，应该是Z中学的人（C男）要求她拍了发过来，结果她就拍了发过来咯。"

——你曾经深夜把爽彩叫去公园过吗？

"没有。"

——有证词表明是你胁迫她外出的。

"反正是Z中那些人想甩锅给我呗，两年前发生那件事的时候也是这样。"

——为什么呢？

"因为讨厌？他们讨厌我。我和Z中学的人关系并不好，也不想跟他们扯上关系。"

——你记得爽彩在公园被人强迫自慰的事吗？

"……不。啊，我好像在场。"

——是谁下的命令？

"啊，是D子说的。"

——被逼自慰这件事，爽彩表现得很抗拒，对吗？

"嗯……算是吧。嗯。"

——事情是怎么发展到这个地步的呢？

"欸？当时C君也在，他就说到照片的事了，然后就发展成了'你能做就在这儿做一个看看嘛'。啊，这话的确是D子说的。"

——当时你在做什么呢？

"我和B君走了。不在现场。我也不想看，也不想听。"

——你不认为这是霸凌吗？

"嗯……？"

——还是说，你觉得这不是霸凌，只是当时

气氛到了开始起哄？

"嗯嗯嗯。"

——事情已经过去了两年。你现在依然觉得那不算霸凌吗？

"嗯……我觉得那个算不了什么吧？她自己一开始是不太愿意，但是不管怎么说，最后她不是也做（指自慰行为）了吗？"

——你还记得爽彩跳下肋骨川的事情吗？

"那是（爽彩）自己要跳的。"

——为什么事情会变成那样？

"为什么？我不知道。因为她想死？"

——她为什么想死？

"那我可不知道。"

——有证词提到，你当时对爽彩说过"如果你根本没准备死，就别说要去死好吧"。

"我确实说过。周围明明有那么多小学生，她一个劲儿地念着什么'好想死''要去死'，我觉得她反正也不会死，明天还会去那个公园的嘛。怎么能当着小学生面说那种话呢？我是这么想才说的那句话。嗯。嗯。我确实说了。"

——有证词说，A子小姐是霸凌的主犯。

"才不是我。就是Z中的小孩（C男、D子、E子）想让我当坏人。他们讨厌我。"

——那你被人"甩锅"成了坏人，对此，你怎么想？

"哎呀，我没什么想法。"

此时，A子的母亲插话道：

"但是吧，话又说回来，这样的小孩子能命令得动谁啊，没有人会听她的话吧。"

"喂！"（A子）

"要是同学的话，更不会（听从她的命令的）……"（A子母亲）

——再向你确认一次，A子小姐没有收到过爽彩的淫秽照片，也没有转发扩散，对吧？

"嗯。"

——也没有威胁过爽彩？

"嗯。"

——你知道爽彩已经去世的事吗？

"嗯。"

——知道爽彩去世的消息后，你有什么想法吗？

"嗯，这个……说实话，也没什么想法。"

——你知道爽彩被霸凌之后一直非常苦恼吗？

"嗯。"

——最后，你还有没有什么想说的？

"嗯。我觉得她那个自慰的事就算全部了吧。（还有其他一些纠纷）我也听爽彩谈过。我觉得那些纠纷也算是一部分原因。"

——那是她和谁的纠纷？

"F君。"

——他们之间发生了什么事呢？

"哎呀，具体的我也不知道。"

在对 A 子进行长时间采访的过程中，她直到最后也没有为自己的霸凌行为抱歉，甚至没有对爽彩的亡故表现出丝毫的遗憾。采访中，A 子和她母亲不时还会相视

女儿的身体冻结成冰

而笑。顺带一提，A 子提到的 F 男和爽彩之间的纠纷，本书将在第十章详细陈述。不过，文春在线在经过调查采访后判明，F 男和一系列"霸凌事件"并无关系。

不是我的错，都是别人不对

采访组也联系到了将爽彩的淫秽照片转发扩散出去的 B 男。

> "我是在 2019 年 4 月的时候认识爽彩的。当时，我和别的朋友在玩（网络游戏）《荒野行动》，在游戏里遇到了她，于是就在一起玩了。印象里她就是个普通人。我不清楚（C 男强迫爽彩拍摄淫秽照片的前因后果），好像是他和爽彩视频聊天的时候截屏的，一开始是发到 C 君、A 子和我的那个 LINE 群里。我没转发给其他人过。"

——你有强迫过爽彩自慰吗？

> "是 C 君、D 子、E 子他们说要她'当场做

做看'的，我和Ａ子其实可看可不看。说实话，我其实不太想看，所以就把帽衫的帽子盖到头上没看。其他四个人都看了。（爽彩自慰的那座公园）可能会有人来，所以就转移到小学的无障碍卫生间里面让她弄。虽然大家都进去了，但我和之前一样没看。时长大概就是五分钟、十分钟左右吧。我没逼她，也没恐吓她。"

——爽彩跳进肋骨川时，你在现场吗？

"我当时不在现场，但Ａ子给我打电话了。好像是Ｃ君一个劲儿地学爽彩的姿势动作。爽彩似乎很厌恶，气得就自己跳河了。"

——听说你已经把爽彩的淫秽照片删除了。

"被警方喊去之后，他们要看我的手机，当场就把文件删除了。学校那边把我喊过去差不多五次吧，不过比起发火，感觉校方更像是想让我讲讲究竟发生了什么。"

当我们再度询问"你觉得在公园要求爽彩自慰是霸凌吗，还是说觉得是恶作剧"的时候，Ｂ男只回答了"恶作剧"这几个字。

逼迫爽彩发送淫秽照片，被警方依照"触法少年"处分的是 C 男。他的监护人同意接受我们的采访。

"（C 男）他对于自己做的事是对是错，根本就没有概念。我觉得，他还不太明白那是怎么回事，只是出于好奇才那么做的。他那句话（'把照片发我'）其实是带着开玩笑的语气说的，没想到爽彩还真的自拍发他了。我儿子一开始看到那张照片吓了一跳，马上就删了。但在删除前，A 子缠着他没完没了地说'发我发我'，所以我儿子才发她的。他后来马上就把照片删了，这一点警察也都确认过。"

——C 君似乎也在强迫爽彩自慰的现场。

"是那帮女孩子干的。我们家孩子是男的呀，根本就没进女厕所，他和另外一个男生留在公园里了。听说爽彩当时哭着说'不要'，最后其实什么也没做。所以大家是不是撒谎了，或者有所隐瞒呢？反正都在保护自己，真正的情况没人知道吧。"

　　——有证词说，C君在LINE上对爽彩说"（你要是不发）我就不戴套搞你"。

　　"没有，绝对没有。"

　　——爽彩因为照片被传播开的事，还有被逼自慰的事，遭受了非常严重的心理创伤。

　　"这些可能确实算一部分起因吧。我儿子也努力反省过了。但是呢，您知道吗？（爽彩）她和家人关系并不好，离家出走过很多回。我听说她还找过我儿子谈心，说'我很孤独'什么的呢。

　　"在短短一段时间内惹出这么多事，那个A子照旧经常在公园里晃荡到深夜。我心底觉得挺怵的，就总跟我儿子讲'别再跟她一起玩了'。结果，就是那时候发生了悲剧……我儿子也当着警察的面删了LINE记录，之后再没和跟那起事件有关的孩子玩过。

　　"我们家也有个女儿，也担心这种事万一发生在自家孩子身上可怎么办……因此，我也对我儿子发过很大的火。他是有做得不对的地方，但

是也有很多人隐瞒了事实，而且不承认自己的霸
凌行为。说实话，我们觉得有点冤枉。"

"全都甩锅给我们了"

D子和E子的监护人解释说："我们家小孩只是偶
然在现场。"

E子的监护人称："我女儿没有命令她'搞'（自慰
行为），而且也不单单是我女儿，是几个孩子一起问她'能
做不能'的。"

D子的监护人称："如今回头想想，确实是霸凌。我
女儿也在好好反省。"

另一方面，B男的监护人称："这几个孩子牵扯进
来之前，（爽彩的）家庭环境本身就有问题吧，说实话，
这是把责任全都甩锅给我们了。"

4月中旬，爽彩的四十九日法会结束后，我们再度
同她的母亲进行交谈。听闻未成年加害者的监护人指责
"爽彩的家庭存在问题"，她的母亲平静地回答道：

为了抚养女儿，我工作很忙，有时确实不在家，但我是倾注了自己全部的爱抚养她长大的。我离婚后也找过男友。爽彩读小学低年级的时候，我和那位男性伴侣会带着爽彩，三个人一起玩游戏，一起吃饭，他还和爽彩一块参加过学校举办的活动。爽彩说想去他老家玩，我们就一起去了，三个人一起钓西太公鱼，玩得很开心。

爽彩想上补习班，我也给她报名了。有一回，她从补习班回家的途中迷路了，所以说"不想再去上补习班了"。女儿和我那位男友相处得很好，甚至会跟他倾诉烦恼。聊天时，我女儿会笑着主动分享自己白天在学校都遇到了什么事。

可是，在遭受霸凌后，爽彩的精神状态开始错乱，也不再笑了，只是不停地重复着"妈妈，我想死"和"对不起、对不起"……

我的女儿并不是轻易选择死亡的。虽然我发誓不会再哭了，但，很抱歉……我觉得，任何原因都不该是实施霸凌的免罪符。他们所做的事也不应该被原谅，但我尽管心中悔恨，也并不希望那些霸凌的孩子遭遇不幸。我只希望他们知道，霸凌就是会如此简单地夺走一个生命。霸凌是一种间接的他杀。我希望他们，至少，能有所反省。

说完这些，爽彩的母亲便紧紧抿住双唇，再也没有开口。

5

中学校方的应对

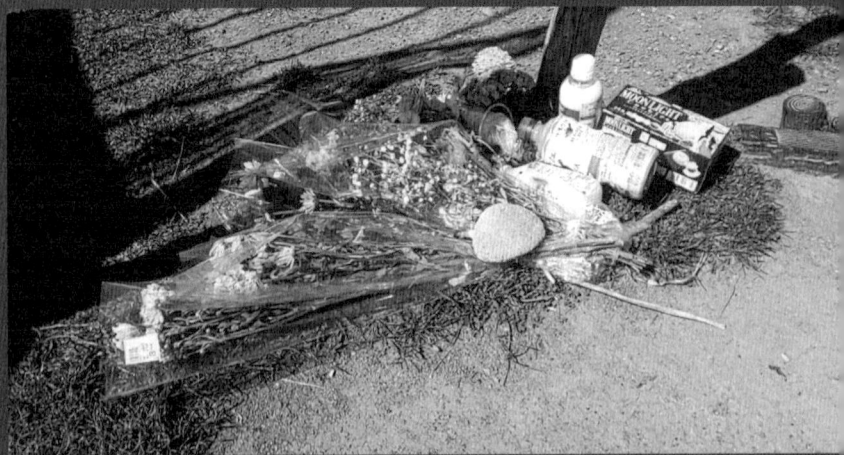

爽彩去世的公园，摆放着祭奠的鲜花和饮品

母亲的声音难以传达

得知爽彩去世后，我认为自己有必要向学生们再度强调生命的可贵。所有学生也都凝重地注视着我，认真听完了我的讲述。对于爽彩的去世，我们真的感到非常痛心、非常悲伤，只能在此为她祈祷，希望她能安息。（X中学校长语）

2021年4月15日，旭川市内的X中学体育馆，校方将所有年级的学生召集起来，举办了"倾诉生命之重"大会。这所中学是广濑爽彩的最终学籍所在地，也是她转学后就读的学校。X中学的校长为了对曾经在本校就读、最终令人痛心地失去生命的爽彩表达惋惜，特意召开了这场大会，言辞真挚地对学生们讲述了"生命的可贵"。

3月下旬，爽彩的葬礼在市内举办，很多人参加了她的葬礼，包括她的亲人，以及为了寻找她尽心尽力的志愿者等等。爽彩一直蛰居在家，始终未能去学校上课，但X中学的校长和她的班主任也来参加了葬礼。爽彩的亲人这样告诉我们：

"爽彩的小学同学，还有X中学的同班同学也来了。全国各地那些看到Facebook和Twitter相关内容的人们，也都送来了香奠。"

可另一方面，爽彩自2019年4月至9月一直就读的Y中学，却没有一个人来参加她的葬礼。爽彩在进入Y中学后不久，就遭到了同校的高年级学生A子的霸凌。爽彩的母亲也无数次对爽彩当时的班主任以及校方强调过"我的女儿被霸凌了"。可是，她的声音却未能被Y中学听见。

"如果当初Y中学能更加真诚地面对这件事，那么，爽彩遭受的霸凌或许就不会迅速升级到那种程度了，不

女儿的身体冻结成冰

是吗？每每想到这一点，我就感到无比遗憾。"

前文中曾经出现过的爽彩亲人讲到这里，叹了一口气。采访组就 Y 中学是否处理过爽彩的霸凌问题进行了采访，随后核实了一件事实：Y 中学所谓对于霸凌的处理完全是凭空杜撰的。

2019 年 4 月，爽彩入学后不久便遭受了残酷的霸凌，她受人强迫，发送了自拍的淫秽照片，而该照片又在 LINE 聊天群内扩散。随后，包含数名小学生在内的数人将爽彩团团围住，强行要求她自慰。正如那位爽彩亲属所说，爽彩的母亲注意到了女儿的异常，屡次找校方商谈此事。爽彩的亲属表示：

> 爽彩妈妈无数次打电话问班主任老师，"请您调查一下吧，我女儿应该是被霸凌了"。可是，当天下午或者第二天，班主任就回电给她，在电话里说，"她们只不过是关系很好的朋友，是密友啦"。因为回复得太快了，所以爽彩妈妈也有些怀疑，是不是班主任老师根本就没有好好调查过。

据说，爽彩本人也曾找班主任老师聊过遭受霸凌的事。可是，爽彩明明对老师说"请您不要告诉对方"，结果，当天傍晚，班主任就把话全和那些加害学生说了。后来，爽彩说自己"再也不想见到那位老师了"。

态度强硬的校方

6月，爽彩跳进当地的肋骨川一事，促使警察开始展开搜查工作。这起事件过后，爽彩的身心彻底崩溃，不得不长期住院。

Y中学的教导主任和老师跑去爽彩住院的地方看望她，鼓励她多多加油。爽彩妈妈很珍惜陪伴女儿的时间，所以每天都要去医院。与此同时，她又经常被Y中学喊过去，接受来自校方所谓的"加害学生问讯调查"的经过报告。爽彩妈妈因为女儿遭受霸凌的事受了很大的刺激，心理负荷

过重，身体也垮了，所以她请了代理律师去和 Y
中学那边沟通。（讲述人同前）

爽彩的母亲只不过是请律师做自己的代理人，去学
校听取调查结果，然而，Y 中学的态度突然强硬起来。——
爽彩的亲属继续讲述道：

> 爽彩妈妈请求学校同意律师和她一同出席，
> 校方却表示"要是有律师在场就没法聊了"，并
> 命令爽彩妈妈单独来学校。虽然身体还不太好，
> 她妈妈还是独自去了学校。在商谈的过程中，教
> 导主任突然对她妈妈说："你女儿淫秽照片扩
> 散的事不是在校内发生的，所以我们学校不能负
> 责。""加害学生们的未来该怎么办？"后来，
> 爽彩听妈妈谈到这些，哭着问："为什么老师要
> 和霸凌的人一伙，为什么他们不愿意站在爽彩这
> 一边？"

后来，加害者 C 男、D 子、E 子就读的 Z 中学来联

系Y中学，表示"加害者的监护人提出请求，希望能给他们一个道歉的机会"。于是，Y中学和Z中学经过几轮慎重商讨，决定共同举办一个"加害学生及其监护人向爽彩方道歉大会"。

然而，爽彩亲属希望让律师一同出席道歉大会的请求却遭到了Y中学的拒绝，而Z中学同意了律师一同出席，最终决定由Y中学和Z中学各自举办一场道歉大会。

2019年8月29日傍晚，爽彩的母亲及律师，加害者C男、D子、E子，以及围观他们逼迫爽彩自慰的几名小学生及其监护人出席了Z中学的道歉大会。这件事是由陪伴爽彩母亲的志愿者告诉我们的。

> Z中学提出希望爽彩能来现场，但是，她的情况完全不允许她出席，所以仅由她的妈妈和律师一同出席了道歉大会。现场教室里大约聚集了20个人，先是由校长发言说："我代表本校的学生向您郑重道歉。"加害学生及其监护人在走廊候场。随后，在教师的陪同下，加害者及其监护人一组一组地进入爽彩妈妈和律师等待的教室

里对话。爽彩在公园里被逼着自慰时，那几个加
害者中学生身边还围着一些小学生，其中有几个
小学生的父母还是哭着道歉的。可与此同时，那
些中学生加害者里有人只是表面道歉，嘴上还在
给自己开脱，说"我们当时只是在边上看着（霸
凌）而已"。

当时的班主任做了什么？

然而，Y 中学的道歉大会现场却发生了争吵纠纷。
Y 中学最终还是同意了让律师一同出席的请求，但比 Z
中学延迟了两个星期，于 9 月 11 日召开了道歉大会。
爽彩的母亲和律师，A 子、B 男、F 男及其监护人等数
十人聚集在 Y 中学的会议教室中。

因为禁止录音，而且校方表示"如果有律师
跟着，那我们教员拒绝同席"，所以一开始仅由
校方这边的校长、教导主任做了问候，所有教员

都离场了。看上去就好像这所学校仅仅出租了一个场地而已。A子当时的态度，爽彩妈妈记得相当清楚。当问到她霸凌的事情时，她反而当场回道："你有证据吗？"她坐在那儿跷着二郎腿，吊儿郎当，完全看不出有反省。见到自己的孩子这副模样，A子的监护人不但没有提醒她，反而解释道："我们家孩子挺容易被误会的，她其实心里有在反省的。"如果A子的班主任也在场的话，可能情况会不一样吧。总之，她表现得非常过分，还说自己根本不晓得为什么要喊大家来开这种会。（讲述人同前）

爽彩在道歉大会前出院了，2019年9月搬了家，转学去了X中学。

虽然Y中学的教导主任对她说"出院后就回来上学吧"，但是被扩散的淫秽照片也有可能被老师或同学们看到。发生这种事，一个青春期的女孩子怎么可能还回原来的学校上学呢？而且，加害者仍然在 Y 中学读书，也没有正式承认霸凌。谁家的父母还会把自己的孩子再送回这种半吊子学校啊？

Y 中学在事件发生后，将对加害学生的调查内容总结成册。但无论爽彩妈妈如何央求校方说"想知道霸凌的真相"，校方就是不给她看这些内容。她又无数次通过律师向学校和市教育委员会提出请求，希望能公开信息，可是全都被拒绝了。（前文中的爽彩亲属讲述）

为什么 Y 中学在霸凌刚开始的时候，不愿意真诚地处理这件事呢？采访组于 2021 年 4 月 10 日，对话了爽彩当时的班主任。

——爽彩的母亲和您就霸凌事件交谈过，您认为她得到合理的对待了吗？

"在校发生的事情属于个人信息，我无可奉告。"

——为什么您没有出席道歉大会？

"在校发生的事情属于个人信息，我无可奉告。"

——您对爽彩有什么哀悼的话想说吗？

"抱歉，我没什么能说的。"

不论如何询问，爽彩当时的班主任都只用事不关己的口吻，重复着同样的回答，还不时在口罩下露出苦笑。这种态度也令采访组深感震惊。

6

"不存在霸凌"

——采访事发时任校长

爽彩的遗物。遗体被发现时，她还戴着这副眼镜

"问卷调查的结果是不存在霸凌"

（关于爽彩跳肋骨川的事件）爽彩同学的母亲认为这是霸凌导致的，但事实情况并非如此。

爽彩从小学时期就经常会恐慌发作，这种情况一直延续到初中，为此，我们以前讨论过对她进行特殊关怀和指导。爽彩自己也做了年级委员长，想要好好努力。但在爽彩跳河的两天前，她和母亲通电话时还吵了起来，气得摔了手机，跑出公园。

我认为，她是想要诉说某种意愿，所以选择了跳河这种自残行为，可能她以前就动过寻死的念头。我不清楚她和自己的母亲之间具体发生了什么争吵，但给我的感觉是，她的母亲抚养孩子的确很辛苦。不过，那些学生针对爽彩犯下的恶行是确凿的事实。关于这一点，我们已经严厉地批评教育过他们了。

我们认为爽彩同学的问题在短时间内很难解决，所以也和她的母亲商量，希望家长能够理解孩子需要某些精神上的治疗，和医疗机构协作，帮助爽彩同学重新振作起来。

2021年4月11日，爽彩曾就读的Y中学当时的校长接受了文春在线的采访，这场访谈进行了约两个小时。

——您知道爽彩去世的事吗？

"2月份的时候我听说她失踪了，后来看网上的消息才知道，遗体在一个月后被发现了。她毕竟是在我们学校读过书的学生，虽然我没进入葬礼会场，但是去了那附近，在外面双手合十为她祈祷。我也想去做点什么，但在那里待着实在太难熬了。"

　　——爽彩的母亲向你提出霸凌的可能性时，校方有进行过调查吗？

　　"如果学生之间发生矛盾，或者一些小纠纷什么的，我们教职员工会共享相关信息。如果存在霸凌问题，校方是会知情的。每年4月份的时候，我们都会发放关于霸凌的调查问卷，但结果是不存在（霸凌）这方面的问题。"

　　——于是你们判断爽彩没有遭受霸凌，她的苦恼是家庭问题导致的。为什么做出了这样的判断呢？

　　"（跳河事件发生）当时，教导主任告诉我，在把爽彩从河里救上岸后，现场人员准备喊她母亲过来带孩子回家，但是（爽彩）本人大吵大闹说不想回去。我们认为，如果一个孩子出了问题，背后的家庭问题是不容忽视的。"

　　——加害学生们对爽彩反复实施卑劣的行为，这一点也是事实。你们是否对加害学生进行了合理的指导教育？

"我们只能站在教育者的立场上对学生们进行切实指导，（学校）毕竟不是警察。不过，警察在行动过程中曾说过，请尽量不要触及（霸凌）这个话题，所以我们就（按照这个指示）行事应对。"

——对于老师们采取的应对和指导，加害学生们是什么样的反应？

"关于这一点，我们无可奉告。对于校内发生情况采取的个别教育指导，校方是不能对外讲的。这么做的话，是对学生的背叛。"

学校，终归是教书育人的场所

——爽彩直到失踪前仍受着这件事引发的PTSD，还和她的亲属提到过"想死"。

"我没有和爽彩本人接触过，而且也没想到事态会发展到那个地步。因为在她转学之后，我们也联系过与爽彩相关的学生、教师，以及爽彩的母亲，与她进行沟通。"

——2019年9月11日举办了"道歉大会"。校方曾拒绝律师参与，这是事实吗？

"没错。因为那不是教育机构应有的姿态。一个教书育人的地方应该让律师参与进来吗？我说过，不应该让律师进入学校。我们学校里既有被害学生，也有加害学生。要是进来一个律师，从孩子的角度来看，那得是多么严重的情况啊？作为教育者，我不能接受。"

——对于9月11日召开的大会，校方最初的目标是什么呢？此处的"学校"是对学生们进行"教育"的地方，还是对爽彩同学"道歉"的地方？

"学校，终归是教书育人的场所。但也正因为此，我们也希望加害者给出道歉。"

——道歉的要求是学校提出的？

"是的，我们从以前起就是这么做的。比如，要是有学生把同学弄伤了，类似事情发生时，我们就会教育学生先道歉。"

——爽彩的代理律师请求公开加害学生的调查报告，这一点是否实行了？

"关于这件事，我们已经将无法公开的明确理由传达给对方了。（无法公开的理由）也是和学校的顾问律师商讨后决定的。虽然感到很抱歉，但我们在这些事情上都是非常严谨的。"

孩子就是要通过失败来成长

——你不认为加害学生犯下的过错已经超过只要指导教育就能解决的范畴了吗？

"他们的问题当然很严重。只是我们应该看到问题发生的背景，不能只关注现象，因为它是我们实际遇到的事情，很多孩子只是偶然倒霉就被（霸凌）缠上了，所以我们更要贯彻对学生的指导教育嘛。"

——校方通常是在什么事情上，怎么指导教育学生的呢？

"所以说啊，就像那座公园发生的事（强迫爽彩自慰）……最终导致爽彩同学住院的那件事，归根结底是孩子们之间产生了纠纷，所以我们也采取了相应措施。"

——意思是说，他们之间存在霸凌？

"我刚才不是说了吗？没到那个地步。"

——所以并不是由于发生霸凌才对学生进行指导教育，是这样吗？

"我们认为当时在场的所有人都有责任，所以也进行了批评教育。有些孩子啊，他们其实不懂自己说出来的话是什么意思，只是想装样子逞威风，于是就脱口而出了。只是校方当时认为问题不仅仅在于那件事，我们还注意到，这些孩子深夜还在用 LINE 对话，而且爽彩竟然会这么晚离家外出。我记得这些都是从她母亲那里听来的。因此，对于这一系列事情，校方都对加害学生们进行了批评纠正。"

——强行逼迫爽彩自慰这件事本身才是问题所在吧。

"孩子就是要通过失败来成长。有挫折才能成长，孩子必须跨过这些障碍。"

——在学校批评教育后，加害学生有所反省吗？

"我在对学生批评教育的时候也说过：'这可是性命攸关的事！你们知道自己做的事有多严重吗？'有的孩子会很老实地意识到自己闯了大祸，也有些孩子一直到最后都不松口。接受批评的学生中，也有人以前就在公园对小学生讲过很淫秽的话，还被附近的居民报警了。但就算批评教育，他也不承认（做了这件事）。有些监护人也不愿意面对自己的孩子做的事。说实话，校方也真的很难办。如果犯错的孩子能不再逃避，不再推卸责任，不再坚持自己没有过错，而是发自内心反省，这个孩子才能重新做人。教育者需要让他们意识到这一点，绝不能再做同样的事了。"

虽然有犯罪行为，但不能说是霸凌

——据说在警方结束搜查后，校方直到 2019 年 7 月为止都在对加害学生进行批评教育，那么，你们是如何面对爽彩的呢？

"在我们想要和爽彩母亲聊聊的时候，警方已经开始搜查，所以我们的应对工作也受到了限制。不过，这件事必须好好梳理清楚才行，否则一切都无从谈起。我们也得让加害学生们认识到自己究竟错在哪里，让他们去思考以后应该怎么做。为了让正在住院的爽彩同学出院回到学校后不再发生同样的事，我们也做了很多准备工作——这些本来都是要和爽彩同学说明的，但没想到，她突然就转学了。本来是要坐下来好好谈的，对方却要律师加入家校对话，这还怎么谈呢？"

——在校方的认知里，是没发生过霸凌的，对吗？

"没错，当时警方也从爽彩同学那里调查取证过，她自己回答说'不存在霸凌'。这是警方从医院那儿得到的取证信息，不是我们校方问的。不过爽彩与其他学生之间确实发生过纠纷，这一点是事实。"

——再确认一遍，校方的意思是的确发生过纠纷，但不能说是霸凌，对吗？

"所有这一切，都不能说是霸凌。"

——中学男生强迫十二岁的少女自慰并拍摄，这不是犯罪行为吗？

"他们当然做得不对，我们也进行了批评教育。但您这么问的意思是他们和爽彩同学的死亡之间有关联吗？未见得吧？"

校长承认爽彩和加害学生们之间存在"纠纷"，但否认那是"霸凌"，并表示已经对加害学生们进行了合理的批评教育。

关于 Y 中学前校长指出的"家庭问题"，我们再次询问了爽彩的母亲。

爽彩是我视若掌上明珠的独生女。这个孩子

生性敏感，有时候明明做了作业，只是忘在家里了，就会特别沮丧地直接离校回家。要是在学校被人追逐打闹，她就会立刻陷入恐慌。她读小学的时候，有一回和同学发生了点小矛盾，不知就里的老师跑着去追爽彩，把她吓得从敞开的窗户跳到了外面的阳台上。我想，那位校长提到的"恐慌发作"，指的是这些问题吧。但是，他们把这些视为自残行为，我觉得这是不对的。而且后来她也没有再受过伤，能够正常地继续上学。还有那件事（因为跳进肋骨川而住院），爽彩出院后告诉我，她跳河的时候说不想见我，是因为"看到警察都来了，事情闹这么大，怕妈妈会问为什么搞成这样子"。

究竟被霸凌到何种程度，才算得上校长所谓的"霸凌"呢？学校面对警方时承认这些行为是犯罪，却还在强调这不算霸凌，而且不愿倾听我们的诉求。那我这个做家长的，又该怎么办？

学校是守护孩子生命的最后城池。然而，爽彩在遭受霸凌之时并未得到学校的保护。2021 年 2 月，她短短十四年的人生匆匆落下帷幕。谈到那些加害学生时，Y 中学前校长说："孩子就是要通过失败来成长。有挫折才能成长，孩子必须跨过这些障碍。"可是，同样的话，他能站在爽彩的墓碑前，再说一遍吗？

女儿的身体冻结成冰

7

第三方委员会重启调查

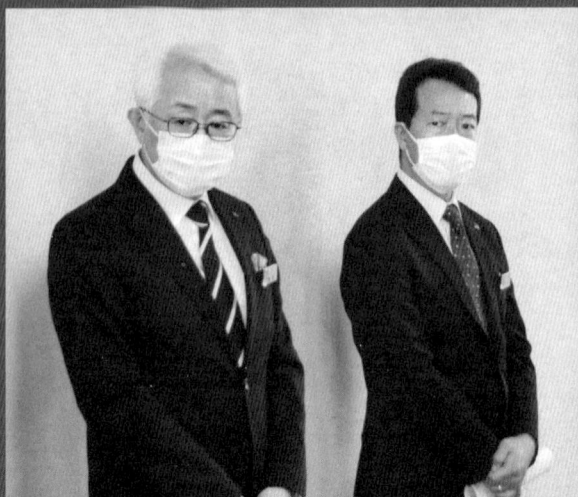
旭川市市长西川将人（右）与教育委员会教育长黑蕨真一

市教育委员会被大量问询淹没

2021 年 4 月 22 日，北海道旭川市市长西川将人面对一众记者，作出如下发言：

在看到（文春在线的）报道之前，我和教育委员会对此事的认知是完全错误的。我们可能都误认了事实的真相，所以从这一点来看，有必要重新进行详细的调查。倘若真的存在霸凌问题，那么，迄今为止（学校和市教委）对此事的应对就是不恰当的。

4月15日，文春在线报道揭露了广濑爽彩死亡事件的背景：她曾经遭受高年级学生的残忍霸凌。

这篇报道公开后，旭川市教育委员会当即收到了三百多通问询电话。旭川市政府意识到了事态的严重性，经过商讨之后，选择于4月22日召开综合教育会议，审查Y中学在2019年时声称"没有霸凌现象发生"的调查结果，并重新开启对当时"是否发生过霸凌情况"的调查。

西川市长指示教育长对旭川市教育委员会及Y中学当时的应对情况进行重新调查，并委托医生、临床心理医师、律师等第三方人士，成立预防霸凌对策委员会，由该组织着手调查。

对于旭川市重新调查这起事件的决定，爽彩的遗属是怎么想的呢？我们也聆听了他们的心情。

遗属表示：

> 一方面，我们非常期待市里的重新调查；另一方面，由于不知道第三方委员会将采取什么样的调查方式，所以也有些不安。

西川市长举行发布会的前一天，爽彩妈妈通过律师得知，"明天，市里将会召开综合教育会议，对爽彩的事情做出回应"。实际上，决定成立第三方委员会并重新调查案件，这些我们都是在发布会当晚收看电视新闻才知道的。市教育委员会在 23 日通过律师联系了爽彩妈妈，并且重申"将调查该事件中是否存在霸凌"。

不过，爽彩妈妈有些不放心调查的方式。市里没告诉我们会采用什么具体方式去调查。如果要去找当时的相关人员配合调查，从霸凌事件发生至今已经过了两年。那些加害学生还能记得具体细节吗？如果记忆模糊，冒出和事实不相符的证词，就有可能扰乱信息，或者出现更糟的情况——搪塞、保持缄默等等。这些都有可能发生，不是吗？

我们更希望第三方委员会的人能够关注到，在 2019 年 6 月至 8 月，Y 中学询问加害学生"是否有霸凌行为"后给出的调查报告。这份报告足足有三十张 A4 纸，装订成册。其中，应该记载了加害学生就爽彩的淫秽照片遭传播、被霸凌团体围在公园、强迫她自慰等问题上的证词。

为什么一谈到这份调查报告的内容，校方总是含糊其词呢？迄今为止，爽彩妈妈已经向校方及教育委员会要求了三次，请他们披露调查报告的内容，但是全都遭到了拒绝。这份报告的内容，我们至今还一个字都没看到过。

23 日，教育委员会通过律师向我们说明，在第三方委员会接下来的调查结束后会公布结果。但在公开 2019 年的调查报告一事上，他们给出的态度是"我们之后会考虑的"。然而，爽彩妈妈想知道的是，事件发生的时候，学校究竟进行了什么样的调查，又是基于什么样的想法，才选择了那样一种不诚实的态度？我们真的希望第三方委员会能够重视这一点，对此进行深入调查。而且，也希望他们在调查结束后，尽可能将那份 2019 年的调查报告向我们公开。

教导主任拍下的证据：LINE 截图

据爽彩的遗属说，2019 年 6 月，爽彩跳进肋骨川事件发生的翌日，爽彩的母亲就被 Y 中学的教导主任喊去了。或许，当时的那番交谈也可以成为"第三方调查委员会进行判断的决定性证据"。

爽彩妈妈在事件发生后看到了女儿的 LINE 聊天记录，发现了加害学生逼她发送的淫秽照片，也知道了她遭受胁迫的事情。爽彩妈妈想拿着这些信息去找警方谈谈，但在此之前，她也和 Y 中学的教导主任反映了自己发现的情况。于是，教导主任说："确实存在霸凌的证据是吗？您去找警察之前，请先拿给我看一下吧。"在学校的会议室里，爽彩妈妈把爽彩遭受威胁、被逼迫自慰的 LINE 聊天记录截图直接给教导主任看了。

教导主任对她说："请让我把这些照片拍下来。之后我们全都会调查的。"随后，教导主任将作为霸凌证据的 LINE 截图一张一张用自己的手机拍了下来。爽彩妈妈当时是信任Y中学的，所以比起警察，她先找了校方。Y中学明明掌握了LINE截图的证据，为什么还会得出"不存在霸凌"的结论呢？我们很希望这件事的内情也能水落石出。（讲述者同前）

旭川市发布了重新调查霸凌问题的指示之后，第二天，也即4月23日，发现爽彩遗体的公园里摆满了哀悼的鲜花。有一些家长和孩子合掌祈福，还有一些家长流着泪，迟迟不愿离去。

对于爽彩的母亲和亲人们，以及自己也有孩子的家长们来说，事件能够得到正当的调查，是他们发自内心的愿望。

8

爽彩与网友们聊了什么?

・会う度にものを奢らされる(奢る雰囲気になる)最高1回3000円合計10000円超えてる。
・外で自慰行為をさせられる。
・おな電をさせられ、秘部を見させるしかない雰囲気にさせられて見せるしか無かった。
・性的な写真を要求される。
・精神的に辛いことを言われる(今までのことバラすぞなど)etc......
ありまして、、
いじめてきてた先輩に死にたいって言ったら「死にたくもないのに死ぬって言うんじゃねぇよ」って言われて自殺未遂しました

爽彩给网友发送的霸凌相关聊天记录

深受 PTSD 的困扰

我们最新了解到，在爽彩去世约一年以前，她曾将
自己遭受残酷霸凌的事情，发送给在网上认识的朋友。
文春在线采访组掌握了这一信息，在此，引用部分内容
如下：

（信息内容有所精简）

· 每次见面，他们都要我请客（营造出了必
须我请的气氛），最多一次花了 3000 日元，加
起来已经超过 10000 日元了。

· 强迫我在外面自慰。

·要我打性爱电话……搞出那种气氛让我把隐私部位露出来，我只能给他们看了。

·要求我拍那种照片。

·他们对我说的话就像精神折磨（把我之前做过的事都曝光 etc）……还有……我对霸凌我的前辈说"我想死"，她说"如果你根本没准备死，就别说要去死好吧"。我没能自杀成。

以上这些消息，都是爽彩在 2020 年 2 月发送给网友的。这一时期，闭门不出已经是她生活的常态。此外，她还深陷霸凌导致的 PTSD 中。

她亲手记录下了当时遭受的极其残酷的性侵害情况。只是写下这些话，当时发生的一幕幕就会在脑中闪回，旁人很难想象她所承受的痛苦。

采访组对爽彩遭受霸凌时就读的 Y 中学时任校长进行过专访（参见本书第六章）。该校长声称"并不存在霸凌的情况"。对于记者提出的问题"中学男生强迫十二岁的少女自慰并拍摄，这不是犯罪行为吗"，他的回答是："您这么问的意思是，他们和爽彩同学的死亡之间有关联吗？未见得吧？"但读罢爽彩写下的这些内容就知道，至少，她本人认为这就是"霸凌"，而且她因此遭受了极大的心理创伤。

在跳肋骨川事件之后，爽彩因为精神上的巨大打击而住院，2019 年 9 月出院之后，她离开了遭受霸凌的 Y 中学，转校去了 X 中学。

爽彩的亲属是这样说的：

> Y 中学的教导主任劝她回原校读书。他说："爽彩是我们学校的学生，希望她能回来上学。"可是，爽彩的淫秽照片不知道在学校扩散到了什么程度，而且伤害过她的学生们很有可能会再次接近她。她是不可能回 Y 中学的。于是，她转校去了 X 中学，家也搬到了从之前的学区得换乘才能到达的一个远离 Y 中学的地方。即便如此，爽彩还是很怕到外面去，也拒绝去新学校上课。

爽彩逐渐开始习惯性地闭门不出，并且比以前更加沉迷于上网和玩电子游戏了。对于不再去上学的爽彩来说，只有网络和游戏世界，才是除亲人外能让她展现自己本来样貌的"家"。

她将这些光是回忆就无比痛苦的"霸凌"经历讲述出来，也因为对方是为数不多能让她敞开心扉、存在于网络世界的好友吧。

就这样，爽彩将自己遭受的霸凌告诉了网友们，找他们谈心。即使饱受痛苦，她也为了能再次走出家门去上学而努力，为了能看到光明的未来而拼命挣扎。

事件发生后，她的性格就变了

霸凌事件发生后，她的情绪始终不太稳定。可能有人觉得"不是都已经过去一年半了吗？"但她总说自己"想死，好想死"。我想，她说了那么多遍"想死"，内心也同样说过那么多遍"想活"吧。她拼了命想要活下去，可是，霸凌的记忆却在不断折磨着她……

女儿的身体冻结成冰

我们采访了大约四年来一直在网上和爽彩有联系的网友G（20岁，男性，现居东京），他情绪低落地说出了上面这番话。

此次，我们采访了爽彩开始闭门不出后频繁联系的三名友人。自2019年4月遭受霸凌，至2021年2月13日在零下17℃的极寒之夜失踪，在这670天里，爽彩身上又发生了什么呢？他们的证词揭开了答案。

在2019年4月霸凌发生前，爽彩和G就在网上很熟络，而且G本人也曾有过深受霸凌困扰的经历。

我是在玩一个叫《COMPASS：战斗天赋解析系统》的手游时认识她的。我们经常用聊天软件和在线通话功能交流。霸凌事件发生之前，她是个特别爱笑的孩子，总是情绪饱满，也很爱聊天。但自从那件事以后，她开始变得阴晴不定，情绪波动很大，会因为鸡毛蒜皮的小事，整个人瞬间消沉到谷底。有时候，在游戏里稍微有一点小失误，她就会特别沮丧，说自己"是个废物"。虽然她以前也会有消极的一面，但能感觉到那起事件发生后，她的性格就变了。

G 从爽彩那儿听说了她在本地公园里被霸凌团体围住、强迫自慰的事。还有，2019 年 6 月跳肋骨川的事件发生后，爽彩也找 G 谈过。

应该是事件发生后没过多久，她就来联系我了。一开始她自己都有点理不清头绪，只是一股脑地说"他们对我做了这种事，对我做了那种事……"但讲到这些的时候，她没有说是那些霸凌她的人不好，反而说"都是我不好"。她一直都是个很温柔的孩子。

她把自己遭受霸凌的细节告诉我的时候也说过："对不起，听我说这些，让你心情也变糟了。"她反而还在照顾我的情绪。她从不会说别人有什么不好。关于自己的母亲，她也一直都很感激，说"妈妈已经为我付出了她的全部"。

通话中突然陷入消沉

　　2019 年 9 月转校至 X 中学后，爽彩在另一个网络游戏中和 G 的朋友 H（18 岁，男性，现居关东地区）相识。H 于 2021 年进入大学。他是这么说的：

　　她在提到和家人一起出门吃饭的时候，声音最明朗，也最开心。不过，我们用游戏里的聊天功能对话时，可能是忽然回忆起过去发生的事，她的情绪起伏总是很剧烈。去年夏天应该是最不稳定的一段时间吧。她只有极少数身体状况还算不错的时候会走出家门，在公园之类的室外场所跟我们连线聊天。她大部分时间都是在自己家跟我们通话的，经常会在通话中突然陷入消沉，然后直接挂断电话。频繁的情况下，她每两天就要说一遍"想死"。因为情绪起伏比较大，她好像也为网络上的人际关系而苦恼。

　　虽然不知道她是认真到什么程度，但是她对我说过"我喜欢你"这种话。她也讲了很多自己的事，但唯独遭受霸凌的事情，她从来没跟我提过。不过，有一次闲聊过后，她突然说了一句"我很脏"。感觉她用这种贬低自己的表达立起了一堵墙，任何人都走不过去。我们经常在网上聊天，但是我从来没有在现实生活里见过她。

临失踪前发送的信息

爽彩曾经多次送画给 H。她一直很喜欢画画，在霸凌事件前就经常画画。但自从遭受霸凌，她以前明亮的笔触明显消失了，大多数的画作都变得晦暗阴郁。不过，在送给 H 的画作里，还留有一些往昔鲜亮热闹的影子。

她说，在画画的时候，手会自己动起来。她真的特别聪明，如果没有发生那些事，她肯定也是个很会学习的小孩，一定能进一个升学率很高的好高中。可是因为 PTSD 的问题，她去不了学校。

学时不够也会影响她的绩点，这件事让她特别苦恼。她还对我说，因为喜欢画画，希望自己将来能够从事和绘画有关的工作，就算没找到那种工作，也要从事能让大家都开心的工作。（来自 H 的讲述）

像这样，爽彩还和朋友提到了对未来的希望。她在 2020 年末开始对编程产生兴趣，于是借助网络认识了教授电脑编程的 I（30 岁出头，男性，现住首都圈），非常积极地学起了编程。

I 在 2021 年 2 月 12 日，也就是爽彩失踪的前一天还和她有过联系。I 是这样说的：

（爽彩失踪前一天）2 月 12 日，我和平时一样在开放频道上编程课。当时没觉得她有什么异常。不过从我们认识起，她的情绪就很不稳定。现在想想，可能好几次都是突然想起以前的事情了吧。一遇到这种情况，她就会突然特别消沉，连课都上不下去。我想，这可能也是她表现出的一些征兆吧。

在爽彩离开家门失踪的那一天，从上午到失踪前，她给 H 发送了好几条 LINE 信息。据 H 讲，"上午那阵子还感觉她没什么异常，和平时一样"。

以下是爽彩失踪当天发给 H 的一部分信息。

早上好（9点10分）

想让情绪好一些，好难啊。（9点10分）

你加油学习哦。（13点49分）

这一天正好是 H 参加大学考试的日子，所以他没能回复爽彩。爽彩彻底断了念想，是在那一天的傍晚。

在吗？（17点26分）

我决定了。（17点26分）

今天，我要去死。（17点26分）

我一直都特别害怕，（17点28分）

什么都做不了。（17点28分）

真抱歉。（17点28分）

看到你"已读"过我的消息啦，谢谢。（17
点34分）

除了 H，爽彩还给其他几个朋友发送了同样的
LINE 信息，随后关闭了手机电源。尽管 H 随后回复了
她，但是在他发出的信息下面，最终也没有出现"已读"
的标记。

人们在 38 天之后的 3 月 23 日发现了爽彩的遗体。
G 费力地挤出这样一句话：

"她一直都在忍受着痛苦的煎熬。"

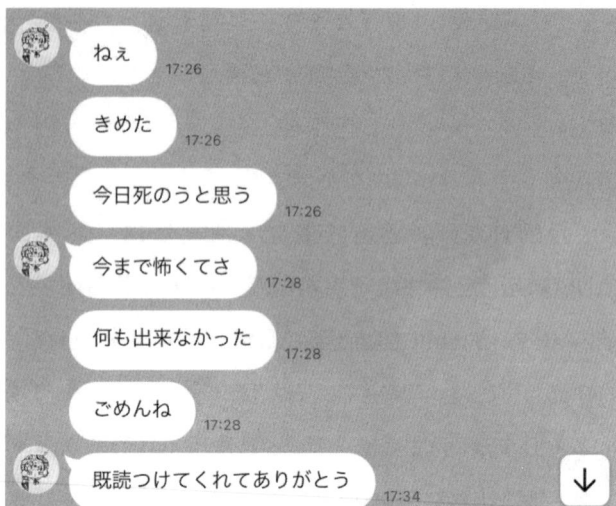

ねぇ 17:26

きめた 17:26

今日死のうと思う 17:26

今まで怖くてさ 17:28

何も出来なかった 17:28

ごめんね 17:28

既読つけてくれてありがとう 17:34

爽彩失踪当天发送的消息

9

场面失控的家长说明会

令和3年4月23日

保護者の皆様

令和三年 4月23日 　　中学校
校長

旭川市 ×× 中学校
校長 ××××

臨時の保護者説明会について

各位学生家长，感谢大家平日对本校教育活动的理解与
协助。

为了帮助消除学生的不安情绪，本校决定举行临时家长说
明会。

非常抱歉在大家百忙之中做此决定，还望家长能够出席本
次说明会。（受付開始時刻　18：40スタート　）

时间：令和三年4月26日（星期一）19:00 开始（18:40
起入场）

地点：本校体育馆

参会对象：仅限学生家长

其他：1）因新冠疫情，请各位家长按照参观日流程，接受
测温，并允许校方确认孩子姓名等信息。

2）请各位家长佩戴口罩，穿室内用鞋进入体育馆。

3）请各位家长步行或骑自行车来校。

Y 中学家长说明会通知书

文部科学省大臣谈及该事件

旭川十四岁少女遭受霸凌后冻亡的事件引发了国会审议的关注。2021 年 4 月 26 日，针对参议院议员音喜多骏的提问，文部科学大臣萩生田光一这样回答：

"关于该起事件，文部科学省已于 4 月 23 日指导并建议旭川市教育委员会、北海道教育委员会推进对事件的确认进程，并做好安抚慰问死者遗属的相关工作。"

爽彩曾经就读的 Y 中学此前一直坚持声称"不存在霸凌"。然而，在文春在线的报道发布之后，旭川市政府在 4 月 22 日公开表示"会重新调查霸凌事件"。在开头的那一番发言后，萩生田大臣又进一步补充道：

"我认为，文部科学省也需要直接予以必要的指导以及建议。此后，倘若该起事件的推进出现停滞，文部科学省会派出专员去当地协助调查，或者由包含我本人在内的政务三役[1]直接到现场进行沟通。到目前为止，他们在调查上花费的时间似乎太多了。"

这一番讲话给旭川市的调查工作打了保票。萩生田大臣在旭川市发表的重新调查宣言基础上，进一步提出：如果调查无法顺利进展，就有可能派出文部科学省的专员或者政务三役前往当地介入。这一发言"可以说是在应对霸凌问题上迈出的坚实一步"（全国报刊政治编辑部主任语）。

然而另一边，卷入旋涡之中的旭川市教育当局仍在坚持一些暧昧不清的说法。4月26日，萩生田大臣接受议会答辩的当天晚上，我们调查了临时召开的Y中学家长说明会的现场情况。在家长说明会上，校方依然贯彻了隐瞒事实的态度，对于霸凌的实情没有任何披露。这

---

1 指文部科学省中直接由内阁任命的官职，分别为大臣、副大臣和政务官。

女儿的身体冻结成冰

种做法遭到了家长们的抵触，会场不断传出怒吼声，场面一度陷入混乱。

进入戒严态势的Y中学

　　文春在线的报道一经公开，无数的问询电话打进学校。新闻媒体的采访也蜂拥而至，当地媒体甚至直接跑去找Y中学的学生搭话。这让家长们感到很不安。与其说是校方主动筹备了这场说明会，不如说是被逼无奈之举。（Y中学相关人士语）

　　晚上七点，家长说明会是在一片戒严态势下，在校内体育馆开始的。教师们在体育馆入口处，对照着在校生花名册和家长姓名核查入场者，将外部人士统统拒之门外。为了避免出现意外状况，校方还找来数辆巡逻车保持警戒，学校及其周边都弥漫着异样的气氛。

　　尽管是在工作日的晚上，但体育馆里已经涌进了约一百名学生家长。我们采访了参加说明会的几位家长，听他们描述了现场的情况。

家长们都坐在折叠椅上，校长和教导主任站在家长们面前，沿体育馆一侧墙边站着家长教师协会会长、教育委员会的心理咨询师，以及包括爽彩当时的班主任在内的各年级老师约二十名。所有人都直挺挺地并排站着，一动不动。

开始时间七点过后，在凝重的气氛中，校长首先拿起话筒，深深鞠躬，就爽彩的离世发表了沉痛的悼词。实际上，这位校长是在 2020 年 4 月到 Y 中学就任，爽彩遭受霸凌的 2019 年，他还在旭川市内的其他中学任职。校长作出如下陈述：

"关于本校对此前一系列事件所作的回应，我们不断收到各方建议和指摘，也引发了学生及家长们的不安和担忧。此次，为了消除学生们的不安情绪，保证大家的安心与安全，我们决定召开此次会议。"

途中，校长数次低下头，向家长们说明，今后为了加强对学生的心理疏导，学校将向教育委员会申请派遣校园心理咨询师，为在校生提供一对一的面谈咨询。

接下来，在肋骨川事件发生后以"窗口"形象同爽彩亲属沟通的教导主任，以及当时的班主任，也都说了和校长相似的话。

"曾就读于本校的学生不幸去世，痛心惋惜之情难以言喻，我们发自肺腑地祈祷她安息，此外，也向她的遗属送上诚挚的关切。此次事件令本校学生家长产生诸多不安和担忧，我们为此感到十分抱歉。关于新闻媒体报道的部分，我们会诚心诚意地配合此后成立的第三方委员会的工作。眼下我能做的，是尽我最大的努力为家长们服务。请大家多多关照。"

"请更换班主任"

校方时长 20 分钟的说明结束了，之后是家长们的提问时间。第一个提问者是该校某名三年级学生的母亲。她孩子所在班级的班主任，就是当时在爽彩母亲来校商谈"霸凌问题"时未予认真回应的那名教师。

提出质疑的这位学生家长流着泪，声音发颤地说：

"这位班主任以前带的班上出了人命，孩子还能跟这样的老师交心吗？我恳请校方更换班主任。"其他家长也纷纷批判起了爽彩当时的班主任。

"我们看见报道里面写到，当时班主任在（和爽彩母亲就霸凌问题）交流的时候，说过'我今天还有约会，可以明天再谈吗'。而且还听说，这名老师在和朋友LINE聊天时说'今天有个学生家长来和我谈事，但约好了和男朋友出去玩，就拒绝了'。听到这些发言实在让人愤慨。请这位老师解释清楚是否说过这样的话。"

遭到质问后，那位班主任试图躲在前排的同事身后，而且始终低着头，一言不发。校长代她回答："非常抱歉，关于您刚才的疑问，我们无法当场回答。我们会在会议后讨论这件事的。"

接下来，家长们的问题大多集中在文春在线的"爽彩遭受加害学生残酷霸凌"报道内容的真实性上。

一名在校生的母亲提问道：

"媒体上报道的内容是事实吗？请问是否存在夸大呢？家里孩子问我'妈妈，我该怎么做好'的时候，我真的很苦恼，不知道该怎么说。老师教育孩子要珍惜生命，但我也希望老师能向孩子们传达一件事：语言能够有多么沉重。如果报道属实，为人师表竟然说了那样的话，我觉得太离谱了。如果这次的事件没有被媒体报道，校方是不是就不会采取任何措施了呢？"

校长回答道：

"关于您提到的'语言的重量'，我们发自内心接受这个建议。目前新闻报道的内容中，关于当时学校的应对措施这一部分，与实际情况是有一定出入的，之后将由第三方对包含这一部分在内的情况进行确切调查与核实。"

该怎么和孩子们解释呢？

关于爽彩遭受霸凌的事实，Y中学此前始终没有向家长以及在校生进行过详细说明，还是学生们从网上得知此事，又告诉了他们的家长。这也使得家长们大为恐慌。说明会上的质疑也逐渐激烈起来。某名在校生的母亲提问：

"关于这起事件,学校究竟是怎么和学生们解释的?如果孩子问起,我们做家长的又该怎么和孩子们解释呢?请告诉我!"

校长回答道:

"我们在刚才也已经说明,该事件此后会由第三方着手进行调查。关于校方对此事的回应,在其他方面的细节全部核实之后,学校今后会致力于将来如何预防该类事件发生,如何为学生提供心理疏导等等问题。我们一定会竭尽全力防止同样的事情再度发生。"

一名三年级学生的母亲提问道:

"手机、平板、电脑上的相关信息越来越多,现在孩子们不用我们教,自己就能上网浏览信息。校方在今天召开这场说明会之前,都是怎么跟孩子们说明情况的?你们都做出了什么应对?"

校长回答道:

"关于该案件,我们现在已经不能作公开发言了,所以我没法回答您的问题。校方采取的应对措施,就是协助警方加强学生上下学时间段的巡逻,保证学生们的安全、安心。"

　　　　　　　　　　　女儿的身体冻结成冰

实际上，在这一天早上，有匿名者给市政府打去了威胁电话，声称要"炸毁Y中学"。因此，市政府要求警方在学校周围设置数辆巡逻车实行警戒。Y中学整日都笼罩着一层紧张感。关于这一点，学生家长们也表达了心中的不安。某名一年级学生母亲提问道：

"听说学校收到了爆炸预告，这是真的吗？"

校长回答道：

"虽然说是爆炸预告，但我们从政府那边接到的消息是，疑似是愉快犯[1]的恶作剧。"

"我今天送孩子上学的路上，内心非常不安。我想，去学校上课的孩子也和我的心情是一样的。如果这件事（爆炸预告）属实，难道不应该稍微延后上学日期，先确认一下（校内是否设置了爆炸物）吗？至少可以发邮件通知我们这些家长吧。"

"好的。我们会配合警方及教育委员会，将校内一切设施再检查一遍，尽力让家长们放心。"

1　愉快犯，借犯罪行为引发社会恐慌并暗中观察以取乐的犯罪者。

此起彼伏的怒吼

不知不觉间，整个会场已经陷入此起彼伏的怒吼之中。很多家长被校方含糊其词的态度惹恼，中途离场。场面混乱不堪。家长谴责的矛头指向了霸凌事件发生时担任校方负责人，此次却并未现身家长说明会的前校长，还有当时负责此事的现教导主任。

某名一年级学生的母亲问道：

"两年前的校长今天怎么没来？为什么？"

校长回答道：

"他没有来。我们很理解家长们的心情，但他现在并非本校员工，无法来到现场。非常抱歉。"

某名在校生的父亲说道：

"会议刚开始的时候，是你们说会针对报道进行解释说明的呀。现在社交网络上到处是诽谤中伤，（孩子们）当然也会看社交媒体和新闻报道的啊。我读了文春在线的报道，都忍不住流了眼泪。作为送孩子来你们学校读书的一名家长，我想问的是，你们当真觉得校方的应对是恰当的吗？而且你们没有对霸凌做任何解释，就只知道反反复复提那个'第三方委员会'。面对那么可怕的霸凌行为，学校的判断竟然是'不存在霸凌'。开这种不疼不痒的说明会，校方觉得我们这些家长能接受吗？既然要做，难道不应该召开记者发布会，挺胸抬头说出那句'不存在霸凌'吗？教导主任先生，你不是用手机拍了学生的聊天记录吗？既然如此，还有什么事非得第三方委员会来才能查清楚？"

教导主任保持了沉默，校长代为回答道：

"您刚刚提到的这些问题，我们无法在这个场合回答，对此，我们也感到很难过。但是，我们目前所处的位置，确实没有办法公开回应此事，非常抱歉。"

"能让教导主任说句话吗？"一名在校生的母亲说。

教导主任开口说：

"我现在只能说，我会在第三方委员会的调查中，将所知的一切诚实地告诉他们。关于此次报道，因为牵扯到了个别案件，我没法回答。但我只想强调一件事：我并没有做任何违法的事。我不知道接下来会不会对我进行搜查，如果有，我也会认真配合。现阶段，我能说的只有这么多。"

"开这个家长会究竟是为了什么？"

整场家长说明会持续了一小时三十分钟，在晚上八点半结束。有二十名学生家长严厉质疑了校方，但校方基本都以"第三方委员会将着手调查"为由拒绝回答。很多家长不禁低声疑惑道："开这个家长会究竟是为了什么？""根本没有意义。"

并未亲身经历当时事件的现任校长数次对参会的学生家长鞠躬道歉，然而，爽彩母亲当初拼了命请求帮助的教导主任以及班主任，一次都没有低下过他们的头。

对此，爽彩的亲属面对文春在线的采访如是说：

> 校方并没有联系过我们，我们也不知道要召开说明会。虽然不太清楚那是场什么样的说明会，但是我们看到这件事把一些无辜的孩子也牵连进来很难过。我们真心希望校方能够正视霸凌，诚实地配合第三方委员会的调查工作。

家长说明会翌日的 4 月 27 日，旭川市教育委员会在定期召开的会议上，以"存在女中学生遭霸凌并受到严重伤害的嫌疑"为由，依照《防止校园霸凌对策推进法》认定这起事件为"重大事态"[1]，并宣布于 5 月将由第三方委员会正式展开调查工作。

---

1 指被欺凌学生的生命、身心或财产蒙受重大损害，包括学生企图自杀等。

10

谣言四起，有人被逮捕

——YouTuber 的骚扰

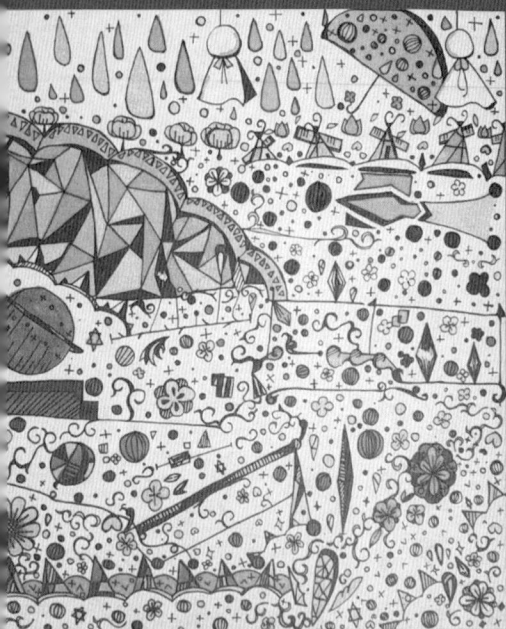

爽彩送给网友的画

无关人士的姓名和住所被"人肉曝光"

> 旭川市能如此迅速地决定要重新调查爽彩遭受霸凌的情况，是因为（文春在线的）报道一经发布就在网络上产生了巨大反响，抗议的呼声也很大。我们很感谢网民能够发声，但与此同时，网上也开始出现一些过激的表达，让人感觉十分反常。说实话，我们其实也希望部分朋友能够稍微冷静些。（爽彩亲属的援助者语）

2021 年 4 月 27 日，旭川市教育委员会在定期召开的会议上指出，"存在女中学生遭霸凌并受到严重伤害的嫌疑"，依照《防止校园霸凌对策推进法》认定该事件为"重大事态"，并宣布于 5 月由第三方委员会正式展开调查工作。

为了揭开爽彩遭受"霸凌"的全貌，现实世界开始一点点行动起来。另一边，网络世界的"过激表达"却也与日俱增。在某匿名论坛上掀起一阵把加害者团体成员的真实姓名住址全部"人肉"出来的风潮，就连一些和事件毫无关联的人的真实姓名住址也被曝光了。还有多名 YouTuber（油管博主）来到旭川，对当地居民造成了骚扰，甚至有人被警方逮捕。爽彩生前就读的 Y 中学的学生及其家长，以及爽彩的亲属，都对骚动频发的状况表示困扰。

4 月 26 日，旭川中央警察局以强迫未遂的嫌疑，逮捕了居住于神奈川县相模原市一名自称 YouTuber O 的用户。O 通过社交网络强迫一名认识爽彩的女性回答他的问题。

北海道警方表示，O 曾在社交网络上给那名认识爽彩的女性发送了类似"能不能跟我谈

女儿的身体冻结成冰

谈""我觉得这件事在网上还会发酵"等消息。他还说"你要是不发声,事态肯定会闹得更厉害",警方根据这一点判断存在强迫行为。更有甚者,O还一直对这位爽彩的朋友纠缠不休,在没有获得本人同意的情况下,将对方的脸部照片及住址公然发布在社交网络上,还实地跑到她工作的地方"突击拍摄"。警方早就注意到了O的一系列行径,最终将他逮捕。(旭川市当地媒体记者语)

O这种骚扰行为在到达旭川之后变本加厉,甚至连爽彩的亲属,以及和这件事完全无关的人士都被牵连了。4月23日深夜,他在 YouTube 的频道上发布视频,非常自信地报告了自己的动向:

> 我正在谨慎地调查这件事。
> 我注意到网上很多信息都是谣言。
> 我不想打扰被害者家属。
> 我会让真相大白。

他明明声称"不想打扰被害者家属",却在 4 月 25 日跑去了爽彩母亲家。监控摄像头将染着蓝发、身穿斑马纹毛皮外套的 O 的模样记录了下来。

儿子被"曝光"成了"事件主犯"

宫川匠（48 岁）在旭川市内经营一家汽车经销店"GARAGE VOX"，其一家人在网上遭受怀疑，接到了来自 O 的电话"直击"。宫川先生的儿子和参与霸凌爽彩的 C 男同样毕业于 Z 中学。此次霸凌事件被披露出来之后，宫川先生的儿子不知为何被"认定"是加害者团伙的成员，全家人的姓名和住址都被人曝光到了网上，被网民当作"犯罪团伙"。

然而，宫川先生的儿子和加害学生团体不在同一年级，和爽彩之间也毫无瓜葛。爽彩的遗属也已经证实过这一点。宫川先生表示：

我们家在当地勤勤恳恳做了二十一年生意，

女儿的身体冻结成冰

结果却在网上被人说和暴力团体有关。那个O把这些错误的信息在网上到处传播，甚至影响到了我的工作。O上周末突然给我们店里打电话，一口咬定我儿子就是霸凌团体的成员，胁迫我们配合他的采访。我在电话里告诉他，"这件事和我家没关系，不要来（我家）""你要是有什么想问的，就当着警察面问吧"，他就把电话挂断了。

O最终也没有在店里露面，他单方面在自己的推特上公开了我家店面的照片，还晒了我儿子的脸部照片。他指责我儿子是"事件的主犯"。我给他打电话说"你这样太过分了"，他才删掉了推特上的照片。

可是，我儿子的照片和名字已经被O曝光了，这些信息后来被其他论坛，以及一些油管博主转发扩散。事到如今，店里天天都能接到骚扰电话，还有一些挂着其他地方车牌的陌生车辆在我们店前转悠。

被当成"事件主犯"的宫川儿子也十分沮丧地说：

就连我朋友也被网暴了，他们明明和这件事一点关系都没有，却被当成了罪犯。我连霸凌事件发生的公园在哪儿都不知道，也从来没见过爽彩同学。我在（爽彩遭受霸凌时就读的）Y中学甚至连个认识的人都没有。

在我们采访宫川先生的时候，仍旧有恶作剧电话打到他的店里。

"又来了……"

宫川先生缓缓站起身，拿起电话听筒。我们清楚地听到了电话那头传来的讥笑声。

"很多动态已经删除了，O本人姑且也算道过歉了，可是于事无补啊。这根本就不是说声对不起再删掉就完事的问题。"

说罢，宫川先生深深地叹了口气。

女儿的身体冻结成冰

点名犯人团伙的成员之一

在网上被实名曝光的无辜学生不止宫川先生的儿子。爽彩为数不多的好友——在事件发生当时、在 Y 中学就读时，以及爽彩从 Y 中学转学之后，始终支持她的 F 男，也在网上被冤枉成"犯人团伙"的成员之一。F 男的真实姓名之所以在网络上被大肆扩散，是因为在某位人气 YouTuber 的直播中，一个自称"Y 中学同级生"的人打进了电话。此人称 F 男有"很大嫌疑"是"犯人团伙中的一员"。这导致他的姓名在网上被疯传。

F 男一脸疲惫地告诉我们：

> 2019 年 4 月，爽彩同学入学 Y 中以来，我一直和她关系不错。以前我们是闹过一点儿矛盾，但没过多久她就原谅我了，而且我也和爽彩同学的妈妈解释过，也获得了理解。
>
> 我没有参与任何霸凌爽彩同学的行为。其实，在一段时间内，我自己反倒一直被那个霸凌团体中的某个学生使唤。爽彩同学遭受霸凌，转

学去了 X 中之后，我们偶尔还会互通信件、互相鼓励。

但是，Y 中学的学生们不了解我和爽彩同学的关系，他们就通过我们以前发生过矛盾这件事，推测我是犯人团伙的一员。爽彩同学跳进肋骨川的时候，我也被学校和警方喊去问过话。9月，Y 中学召开道歉大会的时候也喊我去了。可是我当时根本不在现场，和她跳河的事没有任何关系。

关于爽彩同学经历的那些可怕的霸凌，我不太想到处传播，所以一直没有怎么提过爽彩同学的事。可是，自从她被霸凌的事情上了新闻，一些不明真相的同学就被网上那些人鼓动，纯粹出于臆测，胡乱说些没影的事。这真的令我很难接受。被爆出真实姓名，被当作犯罪者对待，我很痛苦。

爽彩去世前两个月还给 F 男写过信，信中表达的是对 F 男的感谢，而且还附带了她的亲笔画。与宫川先生儿子的情况相同，F 男也并没有参与霸凌，这一点爽彩的亲属也可以作证。他们还这样说道：

> 实话实说，F 君以前对爽彩做的事，我们作为亲属的确有不太理解的地方，但那和霸凌是两回事。关于 F 君究竟做了什么，爽彩直到最后都没有和我们具体讲过。2019 年 6 月爽彩住院的时候，F 君也写信到爽彩妈妈的代理律师那里，律师确认过信件内容后交给了爽彩。爽彩还写了回信。后来，他们也写信交流过很多次，爽彩还对她妈妈说："F 前辈很担心我，等事情告一段落后，我还能见他吗？"她妈妈说："律师也说可以了，所以应该没问题的。"听妈妈这样讲，爽彩答说："我真想见 F 前辈一面，妈妈，到时候能送我去见他吗？"爽彩妈妈认为她并不恨 F 君，而且也已经原谅他了。

不仅仅是在推特上的回复

如今，F男也开始出现精神障碍的问题，被长期失眠的情况折磨。宫川先生和F男都已经联系了警察和律师，正在考虑提交受害申报等事宜。

原隶属于埼玉县警刑事部搜查一课，担任数字搜查组组长的佐佐木成三这样解释道：

> 如果遇到明明和事件毫无关系，但真实姓名和照片等个人信息遭到泄露的情况，就可以起诉对方损害名誉罪及侮辱罪。此外，像（宫川先生这样）店里反反复复接到恶作剧电话的情况，可以认定为业务妨害罪。推特等网络平台的一大特性就是会把哪怕并不正确的信息不断扩散。然而，对于存在"损害名誉"嫌疑的动态，单纯转发也可能会受到民事诉讼并被要求赔偿。此外，某些以故意骚扰为目标的蹲守和纠缠行为也违反了"防止骚扰条例"。不过，如今在网络上横行的"人肉行为"最可怕的一点在于，涉嫌传

播"损害名誉"信息的人并不知道自己在犯罪。他们在这方面的法律意识很淡薄。

除了接受我们采访的宫川先生和F男，还有数名无辜学生被当作犯罪团伙的一员，真实姓名和照片也被挂到了网上。关于这件事，爽彩的亲属也真诚地表示：

有很多人在了解整起事件后同情爽彩的遭遇，对此，我们真的很感激。但是，我们也相信并且愿意等待刚刚成立的第三方委员会调查得出的结果。网暴是另一种形态的霸凌，这并非我们希望看到的。眼下，有一些和事件无关的人正在遭受网暴，这令我们感到非常痛心。

爽彩离世前，网络是她除家庭之外唯一的"归处"。且不提那些和整件事毫无关系的学生，即使是加害者及其家人，被以这种"人肉"的方式挂到网上，同样意味着产生了新的"受害者"。这种结果或许也是爽彩不愿看到的。

11

遭受质疑的第三方委员会
候补成员名单

旭川市教育委員会

"极度欠缺公正的人选"

关于教育委员会选定的第三方委员会候补成员名单，文春在线获得了独家消息，得知该名单中包含了和爽彩遭受霸凌时就读学校校长立场一致的人物。该人选受到了爽彩遗属的强烈反对。

市教育委员会认为，2021 年 4 月末发生在爽彩身上的事件有霸凌的嫌疑，并将该事件认定为"重大事态"。社会公众对第三方委员会抱有很高的期待，希望它能将这件事调查得水落石出。

然而，爽彩的遗属对市教委选定的第三方委员会成员人选产生了极强的不信任感。就此，旭川市政府相关

遭受质疑的第三方委员会候补成员名单

人士如此解释：

> 市教育委员会在5月中旬定下了第三方委员
> 会成员，准备在年内公开调查结果。但是眼下进
> 度有可能大幅延迟。第三方委员会预计以某位大
> 学教授为核心，包含临床心理师、儿科医生和社
> 会工作者等总共四名成员。但是，我们事前向遗
> 属传达第三方委员会人选时，遭到了强烈反对。
> 他们不同意大学教授和临床心理师加入第三方委
> 员会。

爽彩的家人之所以对这两名成员产生疑虑，是因为
他们并非纯粹的"第三方"。

首先是临床心理师J氏，此人正是2019年6月爽
彩跳河后被送去的旭川市内某医院的心理师。

> 爽彩的亲人认为，虽然J氏不是当时为爽彩
> 做出诊断的医生，但这两位医生在同一家医院工
> 作，因此，他们怀疑J氏能否站在第三方的中立

立场上进行调查。（讲述人同前）

还有一位遭到爽彩亲人的强烈反对，被认定是"极度欠缺公正的人选"的成员，就是候补者名单上的大学教授 K 氏。K 氏被选定为第三方委员会负责汇总意见的领导角色。

K 氏过去担任旭川市内某小学的校长，退任后入职北海道教育厅，常年负责霸凌问题、自杀问题，以及对学生的指导教育等工作。然而，那位在 2019 年爽彩遭受残酷霸凌时坚称"不存在霸凌"、拒绝遗属请求由律师一同出席家长会的校长，与 K 氏是北海道教育大学旭川校区的同窗。

同样在旭川市内的学校当过校长，具有相同的职业立场，而且还都就读于北海道教育大学旭川校区，既然有这层关系，这位 K 氏还能站在中立的立场上进行调查吗？遗属对此持有强烈的怀疑。（讲述人同前）

现任职于旭川市内某中学的教师指出：

"旭川市的老师有半数以上都毕业于当时的 Y 中学校长和 K 氏就读的北海道教育大学旭川校区。该大学的校友会也是决定市内中小学人事任免的派系集团。这个集团内部存在很明显的裙带关系和抱团现象，同一派系的人物出现在第三方委员会中，调查就很难不被掣肘。迄今为止，我曾任职过的各学校校长，有八成都毕业于北海道教育大学旭川校区。如果一名教师有志于做领导，或者想要出人头地，他就必须对同校的前辈言听计从，绝不可能随心所欲地和前辈们对着干。"

爽彩的亲人们在听说了"第三方委员会"的人选方案后难掩愤怒：

> 我们拒绝 J 氏和 K 氏进入第三方委员会名单，这是事实。同在旭川市内做过教师，而且还是大学同窗，我们认为这种人选可能出现偏袒和包庇，也质疑这样的选择能否开展正确的调查行动。第三方委员会必须公正、公平地挑选出没有利害关系的成员，可是这纸名单让我们感觉很违和。

女儿的身体冻结成冰

我们希望该委员会成员不单要由旭川市来选择，至少有一个人应该由我们遗属这边指定。我们想要信任和期待第三方委员会，希望它能够不偏袒任何一方，展开合理的调查。

　　我们向旭川市教育委员会询问了关于第三方委员会人选的问题，以下是市教委的答复：

　　此次第三方委员会的成员，并不是为此次事件重新挑选的，而是先前就设立的委员会的相关成员。从国家的指导方针来看，在本事件的调查工作中，出现与本案相关者或有直接人际关系者的确不太合适，因此，死者家属点名的这两名成员，将不会参与本次调查。目前第三方委员会有四名成员，接下来为了尽快推进事件的调查工作，我们考虑增加成员人数，并且已经在斟酌人选。

12

市议会上
对事件的质疑纷至沓来

女子生徒か「いじめ」で自殺未遂
学校側は事件隠蔽に躍起

女子中学生の不適切
……像をSNSで拡散

いじめによる自殺事件が全国的に後を絶たないが、旭川市でも……女子中学生の自殺未遂が発覚した。女子・中学生の……

旭川市で……中学の女子生徒が複数の男子生徒からのいじめが原因で……子生徒の不適切な画像や動画がSNSなどで拡散され、それを苦に……

ものと見られる。

事件自体は何ともおぞましいもので、事件が発覚してから現在、教育委員会のずさんな対応が問題視されている。

また、未成年者に児童ポルノ防止法に抵触するような自画撮りの写真を撮影させ、SNSなどで送信させるという悪質極まりない事件も跡を絶たず、悪質化の傾向も……

道警中央署や市教委は同校に対し、事件の全容解明や問題画像の……

これまで「いじめはなかった」などとして対応をなおざりにしてきたことも明らかになった。学校側のこの対応に保護者らからは非難の声が上がっている。

旭川市教育委員会（以下・市教委）は、こうした関係家族に対する適切な対応を求めたが、本紙取材によると、学校側の……男子生徒らの悪ふざけ……

市教委を通して警察に連絡。一方、警察が児童生徒を逮捕、もしくは補導した場合、その情報を、市教委を通して学校側に伝えるという内容だ。

たいじめ案件や児童生徒の非行防止に役立てるために、児童生徒らの非行情報などを警察署と共有する協定を結んでいる。これは、学校側が児童や生徒の暴力行為や援助交……

〈0月7日現在……で旭川市の教……は学校側の封緘……が原因でそう……う機能し……だ。そんな教……が……するよ……旭川市内の……が……学校……

これらにより、学校だ……けでは対応できない問題……への児童・生徒指導や監……

《media 旭川》（2019年10月号）登文

语焉不详的市教委应答

本日，请允许我们就旭川市预防霸凌对策委员会的调查实施计划进行报告。首先，我在此想要为这次事件中去世的学生祈祷冥福，并向遗属致以诚挚哀悼。此外，这起事件引发了广大市民的不安情绪，我也发自内心地向大家道歉。

以上是 2021 年 5 月 14 日的北海道旭川市议会下属经济文教常任委员会会议的开场辞。市教育委员会黑蕨真一教育长面对众多记者，深深鞠躬致歉的瞬间，被无数快门闪光淹没。

在市教委将本案认定为霸凌的"重大事态"之后，经济文教常任委员会再度表明，将由第三方组织"旭川市预防霸凌对策委员会"实施调查。调查预计在5月展开，将会对涉事学生进行调查问卷及问话，并在当年11月末发表调查结果。

经济文教常任委员会会议时长通常是三十分钟，但在这一天，就爽彩霸凌冻亡事件，市议会议员接二连三地发出质问，会议持续了三小时，非常不同寻常。面对市教委语焉不详的回答，市议员们的提问也愈发严厉起来。

下午一点起，在市政府会议室内召开的委员会会议现场，聚集了众多地方媒体以及旁听的市民。全场笼罩着一种紧张的气氛。

会议开始，由市教委方面进行了大约五分钟的报告，随后进入市议员的质疑问答时间。最先质疑的是市议员菅原范明。他接连发出"是否存在霸凌情况，学校如何判断，市教委如何应对"的诘问。他这样说道：

"关于此次案件，一开始是文春在线怀疑存在隐瞒事实的情况，刊登了报道（4月26日），参议院也指出了这起案件的严重性。萩生田文科大臣就此事发出指示，敦促北海道教委及旭川市教委尽快查明事实真相。民众也对校方及市教委的拙劣应对很不满，你们的失误有可能引发严重的社会问题。校方以及市教委对此事究竟采取了哪些应对措施？"

对此，市教委负责人回答道：

"该校在事件发生后立即对当事学生、相关学生进行了调查问话，同时也确认了警方的处理情况。该校根据事发的前因后果，以及学生间的关系等信息，未能判定此事件构成霸凌行为。不过，教育委员会也就相关中小学生的问询内容，以及学校的应对情况做出了调查报告。"

市教委方面再度陈述了当时未判定此事件存在霸凌行为的始末缘由。对此，菅原市议员再次提问：

"民众怀疑这起事件中存在严重的霸凌，但是，西川（将人）市长在此次记者见面会上，认为文春在线的报道和市教委的认知之间存在巨大差异。支撑市教委认知根据的相关文件资料在哪里？另外，对这些'巨大差异'，你们今后准备如何去核实？"

然后，市教委的学校教育部长回答道：

"关于本案，该名学生及相关中小学生当时在读的学校记录了相关调查问话、对学生进行指导教育的情况，以及配合警方进行的应对措施。此外，还有当事学生转学后就读学校记录下的该生情况，以及学校的应对措施等资料。教育委员会是根据以上记录资料，形成了对本案件的相关认知。教育委员会收集了各学校的报告内容，整理出相关资料，并将这些资料全部提交给旭川市预防霸凌对策委员会，由此理清事实脉络。"

为什么没有做出"存在霸凌"的判断？

爽彩的淫秽照片遭到传播，她本人被霸凌团体逼迫自慰。面对这些不争的事实，学校与市教委先前竟然未能做出"存在霸凌"的判断，对此，市议员高花荣子对其"判断标准"产生了疑问。她向市教委质问："你们对霸凌的概念是如何考虑的？"

对此，市教委负责人这样回答：

"关于霸凌，日本的法律将'霸凌'定义为与该中小学生具有一定人际关系的其他中小学生，对该生施加造成精神及身体影响的行为，并由此导致该生感到身心痛苦。教育委员会在平成三十一年（2019）2月公布的旭川市预防霸凌基本方针，也采用与国家相同的定义。"

"只要学生感受到身心的痛苦，就符合霸凌的定义。我可以这样理解吗？"

"在对霸凌行为的判断上，最重要的是理解遭受霸凌一方的情绪，以此作为判断的前提。如果是具有一定人际关系的儿童实施了某种行为，对受害者造成身心痛苦，这就符合霸凌行为的定义。"

"那么，这起案件中的当事者学生是有遭受霸凌侵害的自我认识的。我可以这样理解吧？"

"我们当时根据已掌握的事实情况、事件发生过程、学生间的关系性等相关信息做出了判断。但结果是，我们收到的报告显示，目前阶段无法认定是霸凌，还需要更多时间调查。市教委也和相关机构交换信息，对事实情况严加调查，但仍未能判定此事件构成霸凌行为。"

此时，能登谷繁市议员追问道："我也和当时涉事小学生的家长们聊过。据家长反映，'2019 年 8 月警察就来过，他们表示附近的中学发生了十分严重的性侵害事件'。任谁都能够判断这是显而易见的霸凌事件，市教委却还是无法给出霸凌的判断吗？"

市教委负责人回答：

"在本案中，教育委员会收到了校方的事件报告，立即配合警方展开行动，同时也开始了解各校情况并提供相关建议，并对该生及其家长提供援助。旭川市并未认定此次事件达到了霸凌的程度。"

质疑还在继续。能登谷市议员追问道：

"另一起事件（2019 年 6 月爽彩跳进肋骨川）也被认定'不存在霸凌'，请问这又是谁基于什么判断得出的结论？"

"我们在前面也已说明，该校就此事与相关中小学生进行了问询调查，该校领导及相关教师也就警察的应对状况做出相关信息的整理，最终是由（当时 Y 中学）校长做出了判断。"

"既然教育委员会掌握的事实和新闻报道的内容有

出入，那么，究竟是哪些部分和哪篇报道有出入？是指文春在线的报道吗？这个问题非常重要，它涉及成立调查委员会的动机，所以请您做出明确的解释。"

市教委的教育指导科科长回应道：

"考虑到可能对今后的第三方调查产生影响，我们无法在一些比较具体的问题上给出回答。但我们认为，在学生家长和学校之间的关系，以及该学生与相关学生的关系这两点上，报道是和事实有出入的。"

"您是说，新闻媒体把家长和学校之间的关系搞错了，把学生之间的关系也搞错了？'因为会有第三方调查，所以什么都没法说'，也就是说，第三方也会基于这一判断来调查吗？'不存在霸凌'似乎已经是定论了，是教育委员会的官方判断了，对吗？你们难道不该负责任去解释清楚吗？"

"教委会当时和现在的判断也不尽相同，不过，教委会在现阶段仍然无法认定存在霸凌行为。包含我们当时的认识在内，其中可能出现了一些错误，但这些都要由第三方进行调查验证，我们也愿意接受第三方得出的结论。"

分发否定"跳河事件"报道的宣传单

据能登谷市议员所说，2019年6月，爽彩跳进肋骨川一事曾被当地的杂志《media 旭川》（2019年10月号）报道过。然而，当时 Y 中学却在学生家长中分发了一份否定"跳河事件"的宣传单，称《media 旭川》刊登的文章"无凭无据"。对此，能登谷市议员提出疑问：

"事发当时，Y 中学给家长们发送了一份宣传单，中心内容是指出杂志文章不是事实。这件事也是我从该校学生家长那儿听到的。这份资料虽然由校长发出，但是其中写有这样一段文字：'本地报刊刊登了涉及本校的报道，所述内容无凭无据，极尽诽谤中伤之能事，令人震惊愤怒之至。'这看起来根本不像一份公文，而是在抒发校长的个人情绪。请问市教委对这份资料的内容有所掌握吗？"

市教委的教育指导科科长回应道：

"当时，校长及家长教师协会会长联名向家长们发送了这份宣传单。我们虽然没有掌握该资料的具体内容，但对内容主旨也有所耳闻。根据校方的说法，之所以发送这份宣传单，是因为那本月刊上刊登了该校校名，这影响到当事学生以及在读学生们上下学途中的安全。为了消除他们的不安与烦恼，校方向家长们发送了这份宣传单说明原委。"

"这实在让人无法接受。我只能认为你们教育委员会是闭目塞听，佯装不知。2019 年 4 月，当事学生的母亲就提出了诉求，'孩子遭受了霸凌，请校方调查'，至少在 6 月份该学生跳河的时候，校方若能够按照'霸凌问题'去处理，孩子就不至于丧命了，不是吗？直白说，这件事从一开始处理方式就错了。如果一开始不是交给学校处理，而是教育委员会承担起责任，切实进行调查，这个孩子的宝贵生命就不会这样一去不返了，不是吗？"

对此，黑蕨真一教育长做出了如下发言：

"在当事学生失踪之时，我也衷心祈祷能够尽早找到她。得知她的死讯，我感到十分惋惜。至此，各学校和教育委员会的一系列应对措施，都应该由调查机构查明，追究当时是否真的没有挽救这条宝贵生命的办法了。我认为这也是相当重要的。"

长达三小时的会议中，学校与教育委员会的隐瞒不报受到了极为严厉的质问，但都被市教委以"第三方委员会的调查"为由，拒绝给出详细解释。

6月后将召开下一届委员会会议，届时，旭川十四岁少女冻亡事件将再度提上议程。爽彩的遗属在接受文春在线的采访时这样答道：

> 我们根本不知道在爽彩转校之后，学校还发了那种宣传单。实在无法理解，（校方）为什么要坚持说谎呢？他们在家长说明会上的表现也一样。的确，有些事能说，有些不能说，但是关于霸凌的问题，他们一律用"第三方委员会将会调查"的理由搪塞。这就有点不合适了吧？

自事件发生至今已经过去两年了。加害者们的记忆已经逐渐淡去，也会出现串供或消灭证据的可能性。没有搜查权的第三方委员会，真的能够通过调查，还死者家属一个可以接受的结果吗？

13

尸检报告写了什么?

爽彩遭受霸凌后的画

公众人士纷纷回应

明明有人因遭受霸凌死亡，旭川市教育委员会却不觉得霸凌者在犯罪，只能说他们脑子有问题。

——田村淳推特，2021 年 4 月 28 日

那个女孩甚至找不到人来谈心。只是霸凌就已经很过分了，竟然还被拍了照片，这些行径实在卑劣至极。（略）教育委员会、学校的老师竟然都不当回事，还觉得那也许不算霸凌，不是的！只要那孩子自己感觉被霸凌了，那它

就算霸凌。

——藏野孝洋 YouTube 频道，5 月 23 日

相关报道我都看了。这些孩子原本是伙伴，
但个个都把罪名往别人身上推。没有人保护她，
没有人帮助她。真让人恶心啊。我衷心为死去的
孩子祈祷。

——卡莉怪妞推特，4 月 30 日

爽彩离世背后遭受的可怕霸凌被文春在线报道出
来之后，引发了巨大的反响。公众人士纷纷在推特和
YouTube 上表达了对爽彩的哀悼，同时也指出了霸凌造
成的凄惨后果，以及学校糟糕的处理方式。

一系列的报道促使旭川市教育委员会于 5 月成立了
第三方委员会，开始重新调查霸凌问题。爽彩遭受霸凌
距今已经过去了两年，事态至此才终于有了一些进展。
然而与此同时，网络上不断出现针对遗属的诽谤中伤。
与事件毫无关联者的真实姓名与面部照片也持续遭受曝
光。5 月 25 日，爽彩的母亲在 Facebook 上表达了现在

的心情。

很抱歉打扰大家，但请大家不要再去寻找或随意断定与2019年发生的那些事情有关的人了。相关者都有哪些，我们是知道的，没有需要特意搜查的人。我们也没有公开相关者姓名的打算。感谢大家一直以来的关注，但我们不希望再有新的无辜受害者出现，因此，我在此再三恳请大家，请不要再找了。拜托了。有很多人在社交网络上遭受了诽谤中伤。请大家在开口前三思：自己的发言是否有顾虑到对方的感受？请在网络上谨慎发言。拜托了。

事到如今，网络上依然流传着并非爽彩的其他少女的视频，以及与事实大相径庭却始终没有被澄清的"他杀说"和"阴谋说"等猜想。在5月21日报道爽彩事件的YouTube直播"文春在线TV"的评论区里，也有很多留言都在说"爽彩的死绝不是自杀，肯定是他杀。所有人都在隐瞒真相"。此外，在爽彩遗属使用的社交网络平台上，也频繁有人直接留言质问："爽彩的死真的是他杀吗？"

然而，爽彩的死因并非"他杀"。

> 失踪当天，爽彩在 LINE 上发送了暗示自杀的信息，但我们不知道她的自杀意愿强烈到什么程度，也不知道为什么（发现她尸体的位置）是在公园，不清楚前前后后的整个过程，也不清楚她死亡的具体细节。（讲述者是在爽彩失踪时曾经参与搜寻的一位亲属）

既非"自杀"也非"他杀"的理由

在此，文春在线采访组拿到了独家资料——爽彩的尸检报告，篇幅仅有一张 A4 纸。3 月 24 日，发现爽彩遗体的第二天，旭川医科大学进行了司法解剖，该尸检报告记录了解剖结果。内容如下（仅选取重要部分）：

死亡时间：令和三年2月中旬

死亡地点：××××公园（发现地）

直接死因：意外性低温症

发病或受伤至死亡期间：短时间

是否已解剖：是

主要所见：直接死因导致的外伤（－）、窒息（－）、疾病（－），血液中的药物浓度在治疗范围内，存在尿潴留。

死因种类：（9）自杀；（10）他杀；（11）其他及不详外因 ○

我们能够从这份尸检报告中了解到什么呢？

《死亡诊断书与尸检报告阅读指南：案例解读篇》的作者、千叶大学研究生院法医学教授岩濑博太郎先生做出如下说明：

这份报告上记录的死亡时间是令和三年2月中旬，而尸检报告出具的时间是3月24日。也就是说，死者的尸体是在死亡超过一个月后才被发现的。她的尸体恐怕是在公园里被雪或其他什么东西掩埋，所以才一直都没有被人发现。

　　尸检报告解剖部分的"主要所见"一栏中，"外伤（－）"的意思是她并未受到暴力导致的内脏损伤及较严重外伤。如果有颈部勒痕，则可能存在事件性窒息死亡的嫌疑，但报告中的"窒息（－）"表示并未发现此类痕迹。"疾病（－）"是指死者并没有心肌梗死或脑出血等可能直接引发死亡的病症。尸检也对死者血液中的药物浓度做了检测，结果显示，死者的确曾服用药物，但浓度处于一定范围之内，属于日常用药浓度，并不致死。所以报告给出"血液中的药物浓度在治疗范围内"的结果。胃黏膜下出血这种黏膜出血的情况，属于低温症的症状之一，所以报告对死因的结论是低温症。"尿潴留"指的是死者膀胱内有尿液潴留的情况。一个人丧失体温和意识的时间过长，就会进入一种昏睡状态，在此期间，膀胱内就会蓄积尿液。因低温症致死者大多膀胱内都有积尿。而且从死亡状况来看，她当时身处

　　　　　　　　　　　女儿的身体冻结成冰

于寒冷的室外，因此，报告给出的最终判断是意
外性低温症。

此外，在"死因种类"这一栏，尸检报告既没有选
择"自杀"也没有选择"他杀"，而是"其他及不详外因"。

即便是气温在15℃，穿一身单薄衣裳在室
外待一晚也可能会诱发低温症。在冰点以下的室
外，身穿厚羽绒服或许能够延长诱发低温症的时
间，但如果衣服穿得比较薄，就会如尸检报告所
示，"发病或受伤至死亡期间"为"短时间"。
死因种类之所以选择了"其他及不详外因"，是
因为在对遗体的解剖检查中没有发现致死的外伤
及窒息伤等指向他杀的迹象。此外，死者并未服
用大量药物，未患有慢性疾病，无法判断是自杀
还是因事故身亡。

我们之前采访过的爽彩亲属，讲述了2月13日爽
彩失踪当日的情况。

她失踪那天的深夜，我们开着车寻找她。当时车内的温度计和大街上的温度计都显示零下17℃。如果是下雪天，可能还会稍微暖和些，但那天是个大晴天，因为辐射冷却，那天晚上气温更低了。爽彩失踪三天后，旭川下起了大雪。寒风暴雪，大雪一直积到了人膝盖那么高。我们继续开车找她，但风雪天的能见度很低，搜索也陷入瓶颈。警察告诉我们，"在这种天气状况下，失踪人员的体力至多能坚持三个小时"。

爽彩的遗体被发现时，身上穿的还是失踪时那条单薄的裤子和 T 恤，上身披着一件单衣。

网上流传一种说法，声称爽彩是被什么人带走了，因为她的遗体被发现时，一部分随身物品丢失了。说得仿佛非常笃定，其实完全没有任何依据。爽彩的钱包就放在家中，她的手机、背包、长靴等随身物品都已经返还给亲属了。还有流言

女儿的身体冻结成冰

说，发现爽彩的地方是在公园的陶土管道里，这也不是事实。如果人是在管道里发现的，警方也就没必要用铲子挖了。（讲述人同前）

母亲遭受的诽谤中伤

爽彩的母亲自女儿失踪以来，一直都在承受着各种诽谤与中伤。

爽彩妈妈在 Facebook 上呼吁大家一起帮忙寻找，却收到了很多没有任何事实依据、言辞残忍的信息，比如"不去你家院子挖挖？应该就埋在土里""你一直在虐待小孩吧""说什么失踪，是编的吧""又是单身妈妈带孩子的，没钱了呗""据说这人是拿低保的"。最近还会有一些人出于好奇、取乐的心态冒充志愿者跑去爽彩家，或者举办爽彩亲人不知情的募捐活动，甚至有人在亲属不知情的情况下将她生前画的画制

作成商品卖钱。对此，我们真的感到很痛苦、很煎熬。（讲述人同前）

在接受文春在线的采访时，爽彩的遗属讲述了当下的心境。

> 我们真心希望不要再发生（无凭无据的留言被扩散）了。不要再觉得这样很有趣，就把错误的信息当成事实去传播。不应该随意把他人的姓名和面部照片晒到网上。谁都没有把他人的人生搞得一团糟的权力。而且，曝光别人的照片、真实姓名，这种做法和给爽彩留下可怖回忆的霸凌团体的所作所为毫无区别。爽彩是一个不会憎恶他人的孩子。让另一个什么都没做过的无辜孩子就这样社会性死亡，这种暴行，我们这些爽彩的家人也都不愿意看到。如果有谁掌握了与此次事件有关的证据，请直接去找警察或者提交给第三方委员会，而不是晒到网上。

　　　　　　　　　女儿的身体冻结成冰

5月31日，发现爽彩遗体的那座公园已经被新绿包围，在一座能够俯瞰公园的小山丘上，还摆着花束和留言信。

> 你在这个残酷的世间，努力坚持到了现在。你真的很了不起！从此以后，祝福你能被爽朗的风儿吹拂，在多彩的世界里自在地生活，拥有永恒的宁静与安稳。

6月16日召开的旭川市议会上明确了这样一件事实：2020年11月，一位疑似爽彩的女生就遭受霸凌问题和当地的儿童咨询室联系，她表示自己"在社交网络上被欺凌""很想死，已经割腕好几次了"。

14

"隐瞒事实的教育委员会理应解散"

——尾木妈妈的直言

教育评论家尾木直树

学校的常识，是社会的非常识

老实说，我认为旭川市教育委员会还是尽早解散吧。我过去就多次提到，任何都道府县设立的教育委员会，毫无例外都是封闭式组织，存在结构性的欺瞒问题。看过此次事件的一系列报道之后，我认为教委会的这种特质暴露无遗。有句话说得好，"学校的常识，是社会的非常识"。我认为，旭川市教委必须挣脱"常识"的束缚，以更为开放的姿态去处理霸凌问题。

关于"旭川十四岁少女霸凌冻亡事件"做出以上这

番严厉批评的，正是有着"尾木妈妈"爱称的原中学教师、教育评论家尾木直树。

广濑爽彩同学的死亡背后存在着严重的霸凌——在一系列报道引发社会议论之后，旭川市教育委员会于2021年5月成立了第三方委员会，开始就霸凌事件再度展开调查。

第二次会议于6月4日以非公开形式召开。会议将分析目前已经掌握的全部资料，并向与事件无直接关系的学生分发调查问卷，7月则将开始对涉及事件的学生进行调查问询工作。然而，教委会最初表示预计在11月末前总结并公布调查结果，可该计划却因为"日程未定"而宣告延期。

在2011年滋贺县大津市发生的"大津市初二学生霸凌自杀事件"中，尾木先生曾经在死者家属的推荐下，担任第三方委员会的委员。结合当时的经验，尾木针指出了旭川市教育委员会存在的问题。

显然，他们很抵触"预防霸凌指导守则"

首先，旭川市教育委员会理应意识到 4 月 26 日萩生田光一文部科学大臣在国会上那番讲话的分量。萩生田大臣在国会上表示，"倘若该事件的推进出现停滞，文部科学省会派出专员去当地协助调查，或者由包含我本人在内的政务三役直接到现场进行沟通"。这种表态是相当罕见的。

实际上，文部科学省虽然有权介入都、道、府、县的公立中学的"教育现场，进行直接交流"，然而，市、区、町、村的公立中小学校归各自治体管辖，文部省没有直接调查权。萩生田大臣对此心知肚明，却故意做出有"越权"嫌疑的发言，也足可见文部省对该事件的重视。

然而，旭川市教育委员会成立的第三方委员会表示，本来预计在 11 月末发表的调查结果目前尚无头绪。这无论如何都称不上是"有效推进调查"。说得再直接点，第三方委员会根本没有发挥作用。

关于广濑爽彩同学遭遇霸凌这件事，早在2019年9月时，Y中学和市教委就对"预防霸凌指导守则"（对于严重霸凌事态调查的相关指导守则）表现出明显的抵触情绪，并且得出了"不存在霸凌"的结论。为什么会这样？因为这背后仍然存在着"学校的常识，是社会的非常识"的情况。我们的学校依然和五十年前一样，延续着一些糟糕的潜规则。

举例来说，校长在任时首要目标往往是平稳度过任期。公立学校的校长年满七十岁就自动成为授勋对象，因此，只要顺利度过任期退休后就能"再就业"，担任市立图书馆的馆长或者教育咨询所的所长等。对于他们来说，安稳退休非常重要。

然而，如果校长所在的中学出了事故，这些优待就全部泡汤了。因此，一旦出现了疑似霸凌的情况，他们就习惯性地奉行"大事化小主义"，"找个稳妥的办法把事情压下去"。迄今为止，这样的校长我见得太多了。

第三方教育委员会应该选用县外人士

学校或教育委员会一般很容易出现隐瞒事实的倾向。正因如此，对于"再度展开霸凌调查"的第三方委员会而言，最重要的就是要采取"开放透明"的态度。

那么，这里最重要原则就是，第三方委员会成员必须选择"非旭川市相关人士"。

我在加入大津霸凌事件的第三方委员会时，对共计56人进行了长达95小时的问询调查。为了给今后解决霸凌问题积累经验，我和其他委员会成员共同撰写了230页的调查报告书。在这份报告书中，我们还特意描述了"第三方委员会的理想状态"，其中首先提到的就是"委员应该选用县外人士"的观点。

大津的第三方委员会起初准备邀请滋贺县的临床心理师协会会长，但考虑到这位会长和大津市教委之间的关系相当密切，倘若令其担任委员会成员，那么，在进行案件调查时就很难保证公正性。最终，由于被害学生的家庭信息被第三方泄露，遗属对人选提出异议，该会长就主动退出了第三方委员会。

一旦选择县内人士，此人必然和被害者、加害者间存在或多或少的联系。一旦出现这么一层关系，就很难站在完全客观的角度进行调查。然而，旭川市第三方委员会目前选定的八名成员，清一色是旭川市内的医生或者律师，以及北海道内的相关人士。我们自然无法期待该委员会能得出什么客观的调查结果。

在第三方委员会的人选方面，市长的态度实则非常重要。大津霸凌事件发生时，当时的大津市长越直美自己在初中时期也曾遭受过霸凌，所以她在这件事上的态度非常坚决，以一种必须查明事实真相的姿态直面问题。因此，在第三方委员会的人选上，她最大限度地重视中立性与遗属意愿，使调查工作能够以较为理想的形式展开。旭川市市长不应该再依赖教育委员会，而是应发挥领导力，重新拿定第三方委员会的人选。

此外，第三方委员会必须掌握学校及市教委保管的全部资料。大津当时的情况是，被害学生就读的学校不愿公开对同年级施暴者进行的调查问卷。我们和校方及市教委斡旋，但对方始终不肯提交资料。幸运的是，最终我们申请到警方的协助，警察搜查了学校的职员办公室，将全部资料没收，并交到我们手中。

从关键资料到年级日志，所有的资料总共装了十一个纸箱，光是把这些资料通读一遍就已经相当费力了。但也正因如此，我们才能知晓当时校内究竟发生了什么事情，整个年级的氛围究竟经历了什么变化。

再看旭川这边，据说 Y 中学在 2019 年也对加害学生、同年级学生、教师进行了问询，并且出具了调查报告。死者家属申请公开这些信息，却被教育委员会拒绝了。事实上，第三方委员会应该先收集多方资料，虚心坦荡地去重新审视当时究竟发生了什么。

问询调查的重要性

　　对涉及霸凌的学生和学校相关人员的问询调查也相当重要。这项工作的重点在于，不能死板地和相关人士对立，需要随机应变，站在对方的立场上聆听对方的讲述。在大津的时候，我们通常会请那些涉及霸凌的孩子、教师来市教委的会议室坐坐。不过，其中也有些"不太方便去教育委员会"的孩子，如果出现这种情况，那就由对方给出指定地点，我们去那里谈话。

　　还有些时候是去学生家里谈的，我们甚至去过住在山上的学生家。我至今都还记得自己冻得哆哆嗦嗦地和对方聊天的情景。这些做法能够展示出调查委员会成员们的诚意，孩子们也能敞开心扉，对我们说"实话"。我们当时遇到过很多这样的情况。关于问询这方面，加害的孩子也一样需要认真对待。让他们审视自己曾经的言行，这同样是非常重要的教育机会。

　　我参与解决过许多霸凌问题，但我最近也发

现，越来越多的加害学生家长和自己的孩子站在了同一战线进行反驳。"我们家孩子没有霸凌，那只是在恶作剧，所以我们家孩子没有必要接受问询调查。"遇到这种情况，不必和父母争论孩子有没有实施霸凌，而是得先让他们接受"问询调查"这件事本身，然后再去听孩子们说话。说实话，一旦发生这种情况，我们付出的工作量将是普通问询调查的好多倍，非常辛苦。有时还会被加害学生家长气势汹汹地恫吓。因此，事情往往无法顺利推进。

即便如此，第三方委员会也要表明"以事实取胜"的坚定态度。大津这边就是从零开始找出事实真相的。比如，大津市教委对被害学生最终选择自杀的行为做出了相关推论，对此，我基于自身的教师经验，坚信"这个念初二的男生不会做这种事的"。但当我把这种想法传达给曾经做过法官的第三方委员会委员长时，对方却说"这只是教师的经验主义"。

于是，我们开始仔细验证被害学生是否有可

能采取这样的行为。我们参加了精神科医生、虐待问题研究专家、霸凌问题的权威人士等进行的长达两小时的讲座授课，全身心投入现场去调查，最终再次得出结论。尽管最终结论与我一开始的推论相符，但在第三方委员会进行调查时，需要抛弃先入为主的观念，然后用一个又一个的事实谨慎验证。

我们最终确认，被害学生遭受了多达 19 种可怕的霸凌行为。他在学校的教室内、厕所内、走廊上被数名同学围殴，嘴、面部、手脚都被贴上胶带，被辱骂"你全家死绝"，甚至还被迫做过类似练习自杀的行为……也就是说，第三方委员会绝对不可以踏进先入为主和经验主义之中，而是应该面向涉及事件的学生、教师、家人、亲戚和邻居等等进行更大范围的问询调查，仔细清扫模棱两可的障碍。

女儿的身体冻结成冰

逐渐变化的霸凌形态

此外，第三方委员会不得不面对"封闭的办公室文化"。不论什么样的学校，总会有至少五六位有良知的教师。他们认为霸凌很有问题，也会向周围人证实"当时确实发生过那种事"。然而，待到第三方委员会来调查的时候，他们就会突然噤声，做起伪证。

这是因为"村落社会"的逻辑倾轧了他们的"良知"。周围的老师会责备他们，"你知不知道要是你说了实话，校长会受到什么样的处分？就连教育长也会被拖累"。于是，这位老师就会意识到这件事他完全无法自负责任，只能随大流，闭口不言，改口说自己"记不清了""没有印象"等等。他们虽然知道这样做不对，却被一种"集团主义"的思想困住了。

由于可能会出现这种情况，我们在和教师接触时要比对待学生更加谨慎。孩子原本就会时刻观察老师言行，自己信任的老师或成年人突然改变态度，撒了谎，这会给孩子的内心造成极大的伤害。我真心希望，每一个老师能做到不愧对我们的孩子。

在现代，霸凌的形态正在逐渐变化。霸凌变得愈发难以被察觉。诸如旭川的广濑爽彩同学的遭遇，霸凌团体使用手机将她的不雅照在网络上传播扩散，类似的阴险手段如今正在校园内横行。可是，很多学校的态度是"学校禁止学生们在校内使用手机，在校外发生这种事和学校无关"。

旭川的 Y 中学也是这种态度。然而，手机和网络在初高中生群体中早已普及，对于现代的孩子来说，网络世界是另一个真实世界。在这种情况下，学校还要说什么"这些事发生在校外"并试图撇清关系，这本身就是一种不负责任的行为。单是在这方面，老师们也更需要锻炼当今时代的"智能手机素养"（使用手机的能力），用更加积极的态度处理这些问题。

在霸凌的相关者中，对那些自身就是加害者或者旁观者的人来说，如果他们此后都没有好好正视这件事，那在未来，在他们成年之后，可能会遭受很多痛苦。我就曾目睹过类似的案例。直面真相有时会令人非常痛苦，然而，不单是被害者及其遗属，还有所有与霸凌有关的人，对于他们以后的人生来说，直面真相有着非常重要的意义。

为了被害者，第三方委员会要真诚面对一切，决不能屈服于所谓的集团主义。为了创造一个不再有霸凌的社会，希望社会公众能够持续关注旭川市市长的措施以及第三方委员会今后的动向。

15

附录资料:

Y 中学临时家长说明会全文记录

召开家长说明会的体育馆

为什么不能好好解释清楚呢?

　　为什么Y中学不愿意好好解释一下这件事呢?我们这些家长的不满,校方也不愿意认真听,这就是该校目前的态度。为什么他们一直要藏着掖着爽彩同学的事,不肯公开呢?当时究竟发生了什么?Y中学究竟是怎么处理的?我们只是想知道这些。在前几天召开的家长说明会上,校长搬出"第三方委员会的调查"做挡箭牌,基本什么问题都没有正面回答,还说这是为了"学生的安心与安全考虑"……可说真的,威胁孩子们的安心和安全的,不正是校方那种隐瞒真相的

态度吗？（Y 中学学生家长语）

文春在线此前报道了 2021 年 4 月 26 日 Y 中学召开临时家长说明会时的混乱场面。这篇文章也谈及了校方的不真诚，他们是在一系列媒体报道的逼迫下，不得已召开了临时家长说明会。然而，面对家长们的真挚提问，校方几乎没有给出任何明确答复。此报道一出，Y 中学的家长们对校方的各种批判声音也不绝于耳。

爽彩同学在 Y 中学念书时遭受霸凌的事情一经报道，我就开始不安起来，真的不敢让自家孩子去这种学校读书了。同时，我也意识到了身为家长的责任。在这件事被报道出来之前，我对爽彩同学的事情一无所知。如果知道在这所学校竟然发生了这种事，我们肯定会选择其他中学，根本不会让孩子来这儿念书啊。事到如今，我每天都感到后悔和不安。（另一名 Y 中学学生家长语）

针对爽彩遭受霸凌的问题，旭川市教育委员会成立了第三方委员会，确立了重新调查的方针。此次，为了验证 Y 中学校方当时的应对方式是否存在问题，还有最重要的——为了知晓爽彩事件究竟带来了什么样的变化，我们删掉某些特定名称，将出席家长说明会的与会者发言全文公开如下。

会议前的异常气氛

4 月 26 日晚七点，Y 中学召开了"临时家长说明会"。会议在校内的体育馆举行，体育馆入口有教师对照学生和家长姓名，确认后一一放行。全场弥漫着异样的气氛。

约有一百名家长进入体育馆。馆内摆着一排排折叠椅。校长和教导主任站在体育馆的前排，沿馆内一侧的墙边站着家长教师协会会长、教育委员会委派的心理咨询师，以及包括爽彩当时的班主任在内的各年级老师约二十名。所有人都直挺挺地并排站着，一动不动。

接下来是校长的陈述。这位校长是在 2020 年 4 月来到 Y 中学就任，霸凌事件发生的时候，他还在旭川市的其他中学任职。校长先对眼前的所有家长深深鞠躬，随即宣布临时家长说明会开始——

主持人：本日，非常感谢各位家长在百忙之中来校，并且是在如此紧急的情况下，时间也已经这么晚了，感谢大家的配合。那么，首先有请校长为家长们说明情况。说明结束后，我们会留出专门的时间供大家提问，多谢理解。

校长：首先，如各位在报道上读到的，3月下旬亡故的本市某女学生，曾于令和元年（2019）就读于本校。对该名学生的不幸去世，我想在此表达对她的哀悼，也向她的遗属表示诚挚的关切。

关于令和元年本校对此前事件所作的回应，我们不断收到各方建议和指摘，导致学生及其监护人陷入了不安和担忧。此次，为了消除学生们的不安情绪，保证大家的安心与安全，我们决定召开此次会议。感谢各位家长的参会。

首先我想讲一下令和元年那次对学生的指导教育工作。当时，本校前任校长和警方共享了相关信息，也和

　　　　　　　　　女儿的身体冻结成冰

教育委员会合作采取了应对举措。如报道所示，关于此事件的具体内容，教育委员会考虑由第三方（委员会）进行调查。所以，今后也将由第三方委员会查明事实。如果开始展开调查工作，校方将会全力协助，并接受相关专家的检验，判定我们校方当时的判断和应对方法是否合理。我们将真诚地接受最终结果，同时，也会在此后对学生的指导工作上主动运用这些经验。

此外，学校收到了很多相关的意见和询问，社交网络上也出现了一些诽谤学校及本校教师的流言等等，发生了这么多事，我们也在配合警方进行调查。让诸位家长担心了。为了消除学生们的不安情绪，让大家能够放心地度过校园时光，校方将全力配合教育委员会和警察的工作。本日，我们会为大家说明校方将采取的各种举措，希望能够获得各位家长的理解与支持。

首先，是学生情绪的关怀方面。眼下，学生之间也弥漫开了一股不安情绪，三年级学生中，有些孩子曾经和过世的女学生同年级并且认识她，因此，在情绪关怀方面，我们会谨慎采取应对方式。

第一，我们会实施教育咨询。4月26日至30日期间，我们将以班主任为核心，实行单独的面谈咨询。如果您的孩子有不安、烦恼，或在新年级里对人际关系感到迷茫，请不必有任何顾虑，放心找我们咨询。

第二，是展开校园心理咨询。我们向教育委员会申请派遣一位校园心理咨询师，在27日、28日、30日内从下午一点至五点在校展开咨询工作。这一点在上周末已经通知过大家了。还有，黄金周结束后的5月6日、7日、10日，教委会还会再次派咨询师来校。如果有学生对与班主任老师面谈心有顾虑，那就会由校园心理咨询师推动咨询工作的进展。此外，如果诸位家长察觉到孩子和平时的状态不同，或是感觉孩子有不安或担忧的情绪，那么就请家长主动提醒孩子"要不要去找校园咨询师聊聊"。拜托了。

接下来，是关于学生们的安全、安心这方面的工作计划。我们会坚持在学生上下学时让教师在外看守。此外，我们也请旭川中央警察局在人流较大的上下学时间段内，以及结束社团活动的学生回家的时间段内在学校周围巡逻。也请家长们转达给自己的孩子，在上学、放学和社团活动结束回家时，尽量结伴活动，不要落单。

此外，请在尽可能的范围内，让孩子在自家附近能看到的地方活动。如果有任何担忧，请您随时和学校联系。

最后，我们希望和孩子们强调生命的可贵，还有交朋友的重要性。关于生命的可贵——我们在开学典礼告诉过学生："生命只有一次，它是无可取代的。""他人的生命和自己的生命都一样是无可取代的，请一定要尊重自己、尊重他人。"在连休前，我们会给全校所有班级都上一堂强调生命可贵以及人权重要性的道德课。

我们还会召开年级大会。在年级大会上，我们将让学生们再好好思考"霸凌是不可饶恕的行为""恶言恶语、社交网络上的诽谤中伤都属于霸凌行为，为了防止这种情况出现，以后请一定要先考虑对方的情绪再行动"等等。此外，我们在去年为学生选定了一则格言——"我和你，我们都很重要。"之所以召开年级大会，就是为了塑造更好的班级、更好的年级。届时，我们还会举行演讲，帮助三年级学生打消升学上的不安心理。我的发言到此结束，谢谢大家。

教导主任和班主任的开场白

主持人：接下来，由本校教导主任及班主任讲话。

教导主任：首先，就曾经就读本校的学生亡故一事，我在此表示深切惋惜，祈祷她安息。此外，也对死者家属表示深切同情。此次事件引发了本校学生及家长们的不安，在此，我真诚地向大家道歉。关于该事件的相关报告，我们会诚心诚意地和将在此后成立的第三方委员会配合行动。眼下我能做的，就是全力配合，尽自己的最大所能。以后也请家长们多多关照。

班主任：曾就读本校的学生不幸亡故，我对此表示深切的惋惜与哀伤，祈祷该生可以安息。此次事件引发了本校学生及家长们的不安，我在此对大家表达真诚的歉意。我和教导主任一样，会诚心诚意地配合此后成立的第三方委员会的调查工作。从今以后，我仍会努力关心学生，为了学生与家长尽心尽力，再次请家长们多多关照。

主持人：接下来，有请教育委员会的校园心理咨询师，为大家讲解学生情绪关怀方面的工作安排。

心理咨询师：晚上好，我是由旭川市教委派来本校的校园心理咨询师××，请大家多多关照。今天站在这里，我其实非常紧张。曾就读于本校的一位同学离开人世，这令我的内心极为沉痛。想必大家的心情也很沉重、很不安。我想先在此祈祷这位同学安息。

此时此刻，我们所处的这个会场的气氛也很紧张。一想到孩子们要在这样的状况之下生活，大家应该也都很担忧。

首先呢，我想请求今天在场的家长们做一件事。这件事刚才校长先生也强调过——如果您发现孩子有什么"不对劲"，请马上和我们学校联系。虽然不能断言程度有多深，但身处异常状态中的孩子，往往很难直接用语言表达"请帮帮我"或者"我遇到了困难"，但是这种异常会通过身体表现出来。因此，一旦父母或祖父母"有点担心这孩子的状态"，就请立刻和校方联系。我们会全心全意为解决孩子还有家长的"内心创伤"而努力，拜托大家了。

校长：接下来，本校的教职员工也会组成团队，贯彻安全安心、情绪关怀，以及保障学习等方针，请大家多多关照。校方的说明到此结束。谢谢大家。

主持人：接下来，我们将接受各位家长的提问，逐一回答问题，需要提问的家长请举手。

家长1：我可以提问了吗？我是 × 年 × 班学生的妈妈。请问可不可以更换班主任？为什么每当这类事件发生时，都要找孩子做教育咨询？说到底，所谓的教育咨询究竟是什么？那个去世的孩子和班主任咨询什么了呢？麻烦把班主任换掉吧。

校长：您提的这个问题，我暂时无法当场回复。非常抱歉，我们会在会议后讨论这件事。关于教育咨询，这个咨询也会有专业的保健室老师参与进来。我们会努力走进孩子的心灵。

家长2：不好意思，虽然两年前的那起事件和我们毫无关系，但是今天，我们是出于不知该如何保护自己孩子的心情……才来参加这个家长会的。昨天（社团活动）比赛的时候，其他学校的人就已经在下面窃窃私语，说"Y 中学的来了""Y 中学的来了"……请问，你们现在有没有考虑过，为了保护孩子们而召开记者见面会？

校长：关于这起事件本身，是由数所中学配合警方的，动员整个旭川市展开协助调查，因此，之后将会由市长、教育长，以及旭川市政府对此后的情况和调查方向做公开通告。因此，本校对于这起事件无法单独采取任何表态。非常抱歉。

家长2：不好意思，请问我们该告诉学生怎样做呢？比如像现在这种被周围人指指点点的情况，我们就什么都不做吗？

校长：大家的痛苦，我们校方也感同身受。我们将尽最大的努力开展对学生们的情绪关怀工作。非常抱歉。

家长2：不好意思，我想说点我个人的看法，我当年也是从Y中学毕业的。我那些同学现在从全国各地联系我……我恳请校方用实际行动去洗清难堪的污名。拜托了。

这回的事件，他们不就有所隐瞒吗？

家长 3：两年前的校长，今天没有出席吗？

校长：没有。

家长 3：为什么？

校长：我们很理解家长们的心情，但他现在并非本校员工，所以无法到场。非常抱歉。

家长 3：他现在不是在教育委员会从事顾问工作吗？

校长：您提的这个问题，我们这边是不太方便回答的，非常抱歉。

家长 3：你们说"委托第三方委员会进行调查"，第三方委员会的成员真的都是能够站在公平立场上的人吗？能不能公布成员姓名？

校长：第三方委员会的人员构成不属于校方可以透露的内容，教育委员会之后会明确公布成员名单，所以我们无法回答您的问题，非常抱歉。

家长 3：教育委员会选出来的第三方委员会，真的能站在公平的立场吗？这回的事件，他们不就有所隐瞒吗？

校长：关于这回的事件，接下来会去确认相关家长、教育委员会以及警方在两年前的举措。这就是目前的状况。

家长3：老师们在对待霸凌问题时应该是有一定的行为准则吧？这个准则，老师们究竟有没有好好遵守呢？还有，如果这些准则中有些内容已经不符合当下这个时代的话，是不是应该修改为好？希望校方也能够好好研究讨论这个问题。

校长：好的……我们会以"Y中学预防霸凌相关基本方针"为基础，组织教职工进行研修，切实付出努力，进一步做好相关工作。谢谢您的建议。

家长3：说实话，我现在非常后悔让自己的孩子来你们学校读书。事到如今，就算让孩子转学，也会被其他学校的人贴上"那个人是从Y中学转校过来的"标签。请您也体会孩子们和家长们的情绪。

校长：我们能够深切地体会您的心情，也会努力解决问题。

家长3：拜托了。

校长：谢谢您。

家长4：您刚才详细谈到了保护孩子的安全，但是这里面的一些细节，我有点不太明白。在校方看来，所谓的危险是什么？要保护孩子免受什么的危害？这些问题，我希望您能说得更具体些。这是其一。还有一点，我家大一些的孩子已经毕业了，但是，那些现在已经不在这里念书的孩子，高出一两个年级的孩子，最近都在网上吵着说同学里面有加害者。请您告诉我，遇到这种情况，我们应该怎么跟孩子解释？

校长：我觉得家长应从监护孩子的立场出发，当孩子去上学时，能在尽可能的情况下走出家门外，守护他们离家。如果您家中平日有人的话，希望您能以这样的形式，尽量在孩子们上下学的时间段走出家门，站在门外等待孩子。这样也会给孩子带来很强的安全感。希望家长在力所能及的范围内，以这种方式保护孩子们。

家长4：这是在保护孩子不受什么的危害？

校长：我认为，在成年人的看护下，在有成年人在场的气氛中，孩子会觉得"最安心"。有尽可能多的成年人去守护孩子们，并且让孩子们感受到这份守护，这也是一种能够帮助孩子摆脱极度不安的方法。希望大家能尽量做到这一点。

家长 4：对不起，您的意思是说，孩子们可能会遇到危险？

校长：主要是防患于未然。因为谁也无法彻底避免危险发生的可能性，比如有陌生人和孩子搭话。对学校来说也是一样的，如果发生什么事，我们也会很苦恼，所以也在委托警方帮忙。

家长 4：好的，那请您讲讲我刚才提问的第二点吧。

校长：好的。关于怎么和已经毕业的孩子讲明这件事……毕业生的话，的确是……刚才也有家长提到，这件事令很多 Y 中学的毕业生非常痛苦。这一点我是十分感同身受的。刚才我也提到过，包含霸凌问题在内，我们 Y 中学的教职员工们……会努力为孩子们精神方面的稳定，为了能让孩子们成长为 Y 中学校训中所说的"质朴刚健"的人，能以 Y 中为骄傲——为了做到这些，我们学校全体教职员工会一同努力。希望家长们能用"质朴刚健"这一校训，呼吁已经毕业的孩子们再一次向着"质朴刚健"努力。

没有告诉孩子们

家长5：关于此次事件，学校究竟是怎么和学生们解释的？如果孩子问起，我们做家长的又该怎么和孩子们解释呢？请告诉我！

校长：关于此次事件……嗯，我们在刚才也已经说过了，该事件此后会由第三方（委员会）着手进行调查，并从各方面查清包含校方对此事所做的应对在内的所有情况，今后也会检验校方将以何种方式吸取此次经验，去灵活指导学生。我们一定会竭尽全力防止同样的事情再度发生。

家长5：您的回答我有点听不懂，能不能把话说得简单点，用孩子们也能听得懂的措辞，告诉我们学校究竟会如何解释这件事？

校长：从现阶段来看，校方在这一案件相关的具体细节上，暂时没有要告诉孩子的部分。不过正如我在前面提到过的，校方会把"我们自己的生命很重要，对方的生命也一样很重要"这件事告诉孩子们。

家长5：那如果孩子问我，"妈妈，学校究竟发生什么事了"，请问我该怎么回答？

校长：Y中学始终向孩子们传达"我和你，我们都很重要"的信念，也就是说，要尊重每个人的人权……希望家长们能让孩子知道，对方的生命也和我们自己的生命一样宝贵。希望孩子们能够尊重他人生命。请家长们把这一点传达给孩子们。

家长6：我想说的话很多，首先就是所谓第三方委员会的调查。请问调查预计于什么时候结束？这个调查结果，真的能告诉我们家长真相吗？我想，现在有很多家长和学生都被这种悬而未决的感受折磨。还有，本来预计下个月要举办初三学生的修学旅行，还会如期举行吗？作为家长，我是希望孩子能去修学旅行的，但心里又有担忧。Y中学现在在网上声名狼藉，孩子们却还得顶着Y中学的名号出远门，我真的想想就很担心。而且，一旦发生任何意外，你们又准备如何应对呢？想到这些，我都非常不安。

校长：您问到第三方（委员会）的调查工作，这个将由教育委员会议制定应对方针。此外，旭川市预防霸凌对策委员会也会投入相关工作之中。调查方法等具体事项，将由负责调查的委员会来决定。我是没有资格在这个场合谈论相关问题的。

关于修学旅行的事情，为了能让孩子们放心旅行，校方会再做缜密的考虑，讨论哪些是保护旅行安全的必要事项。为了给孩子们营造安全的环境，我们会尽全力做好相关工作。

家长6：抱歉，我还想说一点，也可以算作一个请求吧。就是关于教育咨询的事情。初中生其实有好多既不会和老师讲，也不会和家长，甚至不会和朋友讲的话。对于这些叛逆期的孩子，哪怕老师告诉家长"有什么事就告诉老师""孩子看上去好像有点不安""要是有什么介意的问题，请告诉校方"……但请问您所说的校园心理咨询能否覆盖全校学生？如果能给每个人大概十分钟谈话时间，然而咨询师发现"应该再和这个孩子多聊聊"，遇到这种情况的话，能不能再另定时间和这个孩子多聊聊呢？总感觉吧，我这么说可能有些失礼，但总感觉只有老师和孩子聊，我们不太放心。希望校方能考虑一下我这个请求。

　女儿的身体冻结成冰

校长：您提到的这个和校园心理咨询师面谈的事情，我们之后会讨论的，谢谢您的建议。

家长7：听说学校收到了爆炸预告，这是真的吗？（会场一阵骚乱）

校长：虽然说是爆炸预告，但我们从政府那边接到的消息是，疑似是愉快犯的恶作剧。

家长7：在现在这个时代，孩子们很容易就能获得各种信息。今天，在不知道这条爆炸预告究竟是真是假的情况下，我惴惴不安地送孩子上了学。如果这件事（爆炸预告）属实，难道不应该稍微延后上学日期，先确认一下（校内是否设置了爆炸物）吗？至少可以发邮件通知一下我们这些家长吧。

校长：好的。据说这次发送爆炸预告的人，至今发送过好几回类似信息了。我们会配合警方及教育委员会，将校内一切设施再检查一遍，尽力让家长们放心。

家长7：那我希望你们能发邮件通知这件事，哪怕是一大早也应该告诉我们。

校长：好的。

家长 8：请问这次发生的事件，有没有可能导致孩子没法拿到升学推荐资格⋯⋯不好意思，我问的是很个人的事。就是说，会不会因为"孩子是 Y 中学"的，所以失去资格？

校长：这绝不可能。高中那边也肯定会和学生本人面谈，在见到本人后再做判断的。这一点我能保证，请您放心。

家长 8：谢谢。

家长 9：今天好多问题就算问了，校长好像也不太方便回答，那么，请问这样的家长说明会以后会定期召开吗？校方有这个打算吗？

校长：关于"定期召开家长说明会"的意见，我们眼下虽然没有讨论过，但是如果遇到了需要向全体家长传达的情况，我们也会找到某些切实的方法告诉大家的。

家长 9："某些切实的方法"，是小孩子也参与吗？还是只告诉家长？听了您的话，我现在暂时还搞不清楚，所以最终是会得出一个什么样的结论，会告诉我们哪一部分呢？希望在这些方面，校方能给出一个明确的答复。

校长：您问的这些问题我刚刚也已经讲过了，第三方（委员会）的调查结果报告，会由预防霸凌对策委员会全权决定。至于学校这边，对于公开调查结果相关的问题，我现在没有办法做任何表态，非常抱歉。

家长10：关于校方的举措，你们说了在和教育委员会合作，这一点我们已经知道了。我家的孩子本身对网络，或者外面的传言并不是很敏感，但是孩子在看手机呀、平板呀、电脑呀，总会看到和 Y 中学相关的信息，而且会越看越多。现在的孩子不用我们教，自己就能上网浏览这些信息。在你们今天召开这场说明会前，都是怎么跟孩子们说明情况的啊？我不是指那种"配合工作去处理问题"或者"配合工作去推进什么计划"，我问的是，到今天，到这一刻为止，不是对我们，而是对身为当事者的学生们，你们都给出了什么解释？都做出了什么应对？

校长：虽然已经重复很多遍了，非常抱歉。我还是只能告诉诸位，关于该案件，包括相关学生们在内，我们现在已经不能作公开发言了，所以我没法回答您的问题。校方能做的，就是在保证学生们的安全、安心方面付诸行动，比如协助警方加强上学、放学时间的巡逻等等。

家长10：那就是说，只能放任孩子们去看网上那些不知真假的消息，聚在一起瞎议论，到最后都搞不清楚事实真相究竟是什么，就这么不了了之，是吗？

校长：您提到的这些问题，其中的具体细节，这一部分以后会由第三方（委员会）进行调查，并做出详细验证的。

家长10：如果想让孩子们放心信任大人，就不该撒谎、不该隐瞒。要诚实地告诉孩子们，发生什么事时，我们是如何应对的。就算做错了，也应该认认真真说清楚"我们做错了"。我们做家长的也是一样，我会告诉孩子"妈妈做错事了，对不起"。你们的应对方式应该是言出必行，没有谎言。要能让孩子们信得过我们这些成年人才行，我希望你们能做到这一点。

校长：好的。我们明白。

倘若报道属实，那实在太可怕了

家长11：嗯，今天呢，其实……我想大家的心情应该都一样，对眼下的状况非常担忧。每个人都是一头雾水，根本不清楚究竟发生了什么，就来开这个会了。说实话，我一开始也是在社交网络上了解到相关信息，大受震惊。没想到去世的竟然是我们学校的学生。我实在太惊讶了。而且，这么一条人命没了，就这件事本身，我该怎么说呢，校方给了我一种根本没有做好觉悟的感觉。

我们家长尚且如此，对于那些孩子，这么可怕的事件就发生在身边，他们会有什么样的感受呢？至少对于我们家孩子来说，她是生平第一次遇到这种事。她和同年级的学生打听了一下，大家倒也没多说什么，但提到了那个去世的孩子喜欢画画，在学校和她也说过话，我想孩子们应该也会非常惊诧。遇到这种情况，我们这些做家长的，还有学校的老师，我们大家都必须做好觉悟去应对。但这一系列事件的前因后果，我们都只能从网络上看到。去世的孩子是个什么样的孩子，我们并不清楚……我们究竟能对事态了解到什么呢？但我还是希望，你们至少能把自己做了什么，再稍微讲清楚一点。我是带着这种期待才来这里开会的。

还有所谓的第三方委员会，当然了，成立这个委员会可能很有必要。但是光说这个，孩子们是没法理解的。我担心的是，现在这种情况下，孩子们在学校究竟是听你们怎么解释的？

我女儿告诉我，她相信学校的老师们。我希望她会这样讲是因为，在她心里学校是可以正常进出、可以享受快乐时光的地方。但听了校方的说明后，我觉得你们净讲一些不痛不痒的话，甚至觉得来参加这个会之后，不安的情绪有增无减。越是这种时候，你们越应该用诚实的态度面对孩子，讲清楚你们隐瞒了什么，或者有什么是没法说的……你们应该用真诚、正直的态度采取对策。虽然之后会发生什么我也不太清楚，但我依然认为，在现在这种情况下，必须做好觉悟……我可能说得不太清楚，但我大概就是这样的一种心情。

所以说，我希望校方能把现在的情况跟孩子们说清楚，否则流言蜚语就会愈演愈烈。到时候，霸凌啊、谣言啊一类的东西就会形成恶性循环。我想把自己看到网络信息后的糟糕感受，告诉那些和学校无关的不知情人士，用这种形式努力掐灭霸凌的萌芽。所以，请你们一定要真正地下定决心，积极处理。你们的态度，孩子们是能够体会到的。这一点我们真的非常担心。拜托了。

家长12：这起事件发生当时，我女儿还在Y中学上学。当时，本地的杂志也曾经报道过这件事，我女儿也说确有其事，但是你们说"学校绝对没有发生过这种事"。现在我女儿有点……说实话，她已经完全搞不懂了。

看到这次报道后，我送孩子上学的时候心里就在想，"真的发生了这种事吗"。说来惭愧，我之前完全不知道曾经发生过这种事，所以真的大受震惊。没想到老师们会采取报道里那种做法……倘若报道属实，那实在是太可怕了。我真的震惊得说不出话来，彻夜难眠。真的，太震惊了。校方到底掌握了什么样的事实，才会给出"眼下我们没法立刻回答"的表态？

光是这一点，就给我带来很大的冲击。此外，还有其他家长谈到的问题，比如升学……刚才也有人问了初升高的入学推荐，后面还有大学、求职……我们都在担心，这样会不会给孩子造成什么影响。当时在校的孩子现在都已经毕业了，你们也不会像对在校孩子那样尽心对待他们了。所以我们只能选择"在家跟孩子解释"。我很难说清，我实在太震惊了，这是一点。

还有，你们说"将会配合其他学校及警方，在各方面付出努力"。最开始，这件事发生在两年前，而且也和其他学校有关，明明都是市立中学，当时为什么没有统一步调？这也让人很疑惑。还有你们的应对方式，虽然很多问题你们没法回答，但确实很让人疑惑，不禁怀疑"里面是不是有内情"。你们这种态度会令家长产生非常强烈的不信任感。以上就是我想说的。

校长：感谢家长们的建议。第三方委员会将就两年前当时的校长做出的判断及措施进行查证，包括"存在哪些问题"，我刚才也说过，这些都会由第三方调查清楚。对于家长们提出的宝贵意见，我们一定在第三方所得结论的基础上，举全校之力，切实地构筑信任关系。谢谢大家的建议。

主持人：还有人提问吗？

　　　　　　　　　　　女儿的身体冻结成冰

家长13：我这个问题可能提重复了，但是请问媒体报道的内容是事实吗？是否存在夸大呢？我很想知道这一点。孩子们已经亲眼见证了这一切，大人们却说不出个所以然。家里孩子问我"妈妈，我该怎么做"的时候，我真的很苦恼，不知道该怎么说。老师教育孩子要"珍惜生命"，但我也希望老师能向孩子们传达一件事：语言能够有多么沉重。

校方对此事的理解和把握，与传达给家长的说辞完全不同。如果那篇报道属实，为人师表竟然说了那样的话，我觉得太离谱了。抱歉，我这样措辞比较粗鲁。但是，不就是因为那名教师说了不恰当的话，才造成这种结果的吗？而且，你们明显就是因为被报道出来了，才有所行动，不是吗？事情都发生两年了，已经什么都无法挽回了。但你们当时是怎么做的？请问，如果这次事件没有被媒体报道，校方是不是就不会有任何措施了呢？我的孩子是从这所学校毕业的，我自己也是这所学校毕业的，请你们好好考虑"语言的重量"。

校长：谢谢您。关于您提到的"语言的重量"，我们发自内心接受这个建议。目前新闻报道的内容中，关于当时学校的对应措施这一部分，与实际情况是有一定出入的，之后将由第三方对包含这一部分在内的情况进行彻底调查与核实。

忍不住流泪了

主持人：还有要提问的家长吗？

家长14：会议刚开始的时候，是你们说会针对报道进行解释说明的呀。现在社交网络上到处是诽谤中伤，（孩子们）当然也会看社交媒体和新闻报道的啊。我以为你们会对报道内容做出回应，结果什么都没说啊。今天，我读了文春在线那篇可怕的……骇人听闻的文章，看到其中许多内容，都忍不住流泪了！作为送孩子来你们学校读书的一名家长，我想问的是，你们当真觉得校方的应对是恰当的吗？而且你们没有对霸凌做任何解释，就只知道反反复复提那个"第三方委员会"。面对那么可怕的霸凌行为，学校的判断竟然是"不存在霸凌"。开这种不疼不痒的说明会，校方觉得我们这些家长能接受吗?

　　我想问问在场的所有家长,我们今天究竟是为什么来这里?这一切都太可怕了!那些对霸凌视而不见的老师太可怕了!或许你们并没做错事,可是开说明会的目的,不就是要讲清楚这些吗?不就是为了好好解释清楚,所以才让我们……我们这些家长,这些监护人到这里来的吗?我本来是想来听听看你们怎么解释的,结果你们张口闭口第三方委员会、第三方委员会。你们这么做,我们根本就听不到想了解的任何内容。既然要做,难道不应该召开记者发布会,挺胸抬头说出那句"不存在霸凌"吗?

　　教导主任先生,今天文春在线上写的那些内容,你说的那还是人话吗?把你拍的照片交出来啊!你不是用手机拍了学生的聊天记录吗?既然如此,还有什么事非得第三方委员会来才能查清楚?

　　你就在我们这些家长面前说清楚,根据那些聊天内容,究竟能不能做出霸凌的判断?如果你觉得"对于警方来说,这是判断是否存在霸凌的必要证据",那怎么会给不出任何回应呢?因为什么都搞不清楚,所以我们只能去相信文春在线的报道。可是你们呢？只知道搬"第三方委员会"出来，那你们说的话还有什么意义？我们来开这个家长会究竟是为了什么？你们究竟解释了什么？说实话，我现在觉得反胃，忍不住想掉泪。所以教导主任，你究竟能不能说句话？那些报道究竟是不是事实？在今天这个场合下，我觉得你应该能说出来的吧？文春在线上可是写得清清楚楚啊。

那我就再说得明确一点吧，教导主任，你的做法已经触犯了儿童色情法。如果是在美国，那是犯了罪的。大家一直在等你们对这件事给出解释。因为我们家长什么都没法说，不是吗？一句话没说对，就影响孩子的成绩报告，家长们都生怕做错。说实话，我们也要想想以后的路怎么走了。

今天，我们到这儿来开这个家长会，是有了一定的觉悟的。我们之中，肯定还有很多人想再多问问。但你们营造的这种气氛，就是故意制造出一种"你们谁也别多问"的状态，不是吗？开这种家长说明会，给人一种"说了也没意义"的感觉，这到底算怎么回事呢？我不是在趁势挑你们的刺，只是觉得，你们前面的所有发言都离

　　　　　　　　　女儿的身体冻结成冰

"解释"太远、太远了。你觉得呢，教导主任？那些证据究竟是不是事实？这你们总能给个解释吧？我们大家也都想听听你们的解释。

家长们：没错！

家长14：你用自己的手机，拍下了包含被霸凌学生隐私部位的照片……而且，还不知道你有没有上交给警方。更何况，被害者家长都问过你"这种信息应该交给警方吗"。我们这些家长都听着呢，你竟然连句解释都没有，然后说什么网上的报道是在诽谤你们。那是诽谤中伤吗？难道不是你们在遮遮掩掩，想先把一切掩藏起来吗？虽然我不想多说些有的没的，但是既然话到这儿了，那我也就说了。你们究竟什么意思？连个结论都给不出来吗？把话说到这个地步，我也是有心理准备的。我做好了被别人问"那个发言的人是哪个学生的父亲啊，他在说些什么啊"的心理准备。因为我真的觉得很可耻，真的，太可耻了、太荒唐了……

家长15：这些内容现在在网络上到处疯传，小孩子其实什么都知道了。就算家长不说，就算你们这些老师不说，他们也都懂。周四、周五的时候外面就闹哄哄的，还有人拿喇叭喊"Y中学作大恶""霸凌学生"一类的。你们老师听到了这些反应就是关窗户、拉窗帘。教室里的孩子们肯定也都看到了啊，大家都会问："那是在喊什么啊？为什么那么说？"

作为家长，我明确告诉孩子"因为发生了霸凌"。我要让孩子明白"霸凌是不好的，绝对不可以霸凌"。说实在的……去讲些中伤他人的话，不也是霸凌吗？我们应该杜绝这种事。现在，各种信息散播得到处都是，搞得孩子们都能看到。还有年轻人爱看的抖音（TikTok）上，有二十多条带有人名和加害者姓名的，或者和Y中学相关的新动态……已经冒出这么多了……

而且，这个霸凌的情况不只是Y中学，还波及了其他中学。我听到很多流言蜚语，比如：为什么只有Y中学被推在最前面？其他学校拿钱封口了？警方或者教育委员会帮他们隐瞒事实吗？根本不知道这些流言是不是真的。甚至还有传闻说"旭川数一数二的大公司老板也插手其中了"。

可是面对这么多流言蜚语，你们仍然翻来覆去讲什

女儿的身体冻结成冰

么"第三方委员会"……我觉得，只要你们不把话说清楚，不讲清是否存在霸凌，不讲清你们接下来会如何应对的话，孩子们真的会一直处在不安之中。想到这些，我真觉得很对不起从这里毕业的人。真的，他们不知道还要受多少指指点点。

也有很多其他地方的人来问我："真的发生这种事了吗？"我认为，只要没有明确表示发生过霸凌，我们就会一直陷在悬而未决的状态里，不是吗？发生这么多事，如果你们没能明确区分出对错，那么，今天在场的这些家长都是不可能接受的。希望这一点你们能给个明确的解释。

还有，《周刊文春》的报道现在在网上传得沸沸扬扬，里面写到了那位"约会老师"。我想谈谈那个老师。虽然这个叫法有点不礼貌，但是孩子们看了那篇报道也都开始喊"约会老师"。我虽然会提醒孩子这么称呼老师不好，但是听说，《周刊文春》上写了那位老师在学生家长找她谈话当天，回复家长："我今天要和男朋友约会，可以明天再谈吗？"这些网上都有。我真的很难相信老师会说出这种话。

一个老师说出这种话拒绝家长的请求，不愿意和家长讨论孩子遭受霸凌的问题——如果这些都是真的，那实在太过分了。我真的很想问问那位老师："你真的说过这种话吗？"而且还听说，这名老师在和朋友 LINE 聊天时说，"今天有个学生家长来和我谈事，但约好了和男朋友约会呢，就拒绝了"。

听到这些发言实在让人愤慨。这实在是太过分了。家长明明来求助你，结果你无视家长，说什么"可以明天再谈吗"。到这一步的时候我就已经觉得很奇怪了。请这位老师解释清楚是否说过这样的话。请解释清楚！

校长：非常抱歉，我们也很痛苦，关于您刚才的疑问，我们无法当场回答。原因我们之前也已经解释过了，校方现在的确处在一个无法回答这些问题的立场上，实在抱歉。

那种哀悼之情无法表达

主持人：还有要提问的家长吗？

家长16：不好意思，我想说一下，班主任老师，就是刚才提到的这位老师，她从一年级开始就是我家孩子的班主任。在我知道报道里那些事之前，我家孩子已经在网上看到了。但我在没读那些报道前就说过，"这内容可能有真有假吧"。我还说过，"我愿意相信现实生活中有过接触的老师"。因为会有调查委员会介入，所以关于"说了还是没说"这种细节可能没法公开讲，这一点我能理解。孩子们应该也愿意信任你们。但我是觉得，你们哪怕不说得那么细，哪怕只说一句"请相信我""请相信我们学校"，哪怕说这么一句也行。

孩子们一定愿意相信这所学校，愿意和自己的同学们一起参加毕业典礼，所以，你们不用回应得多具体，只要把那种"请相信我们"的真诚传达出来就行。别让孩子们只相信网络，在网络世界随波逐流，让他们也愿意相信自己——我觉得这是非常重要的。希望你们能做到这一点。

校长：感谢您的建议。我们会在各年级、班级举行相关集会，并将"希望大家能相信学校"这一点传达给学生，尽全力将每一名学生培养到毕业，也恳请家长们多多协助我们的工作。

　　家长 17：麦克声音可以调大一点吗？听不清！

　　家长 18：虽然已经过去两年了，但两年前发生的霸凌被《media 旭川》爆出来的时候，你们不就应该多解释一下吗？我问了我家小孩，他说老师们就只是三言两语带过，之后再没解释过。如果家长没读过《media 旭川》的报道，那就根本连发生过这件事都不知道。不是说当时没人受伤吗？结果现在这件事被这么多人议论，你们还这样大张旗鼓地把家长喊来开会，却又闭口不解释这件事。那个孩子后来转学去了其他学校是吧？然后你们又说，因为孩子转校了，所以后来发生什么就不清楚了。

　　那个孩子可是失去了生命啊！得知她亡故后，Y 中学有谁去给她上过香吗？我听说没有一个人去看过她。你们一上来就说"诚挚地祈祷她安息"，我根本看不出来！当时，你们不应该是第一个赶去看她的吗？这个孩子在你们学校读书的时候，可是受了那么严重的霸凌。就算她换了学校，你们也不该这样不负责任，不是吗？

　　可是，你们总是强调不能多说、没法回答太多，今天来这里的这些家长，谁都没有被说服。因为你们一直都在绕弯子!

我家年纪大一些的孩子已经上高中了,因为这次的事,有人找他打听"欸,你是Y中学毕业的?究竟什么情况啊?你当时应该还在那儿读书吧"。孩子告诉我,不论走到哪儿,"都感觉自己曾是Y中学的学生很羞耻"。校方的这些做法,不单单让正在Y中学读书的学生苦恼,那些从Y中毕业的学生也很难受。

我也是Y中学毕业的。在旭川,Y中学变成这个样子,我也觉得好丢人。说实话,我刚刚听老师们说接下来要这样做、要那样做,但我一点没看出你们有在做的样子。所以大家当然不会接受。我想有不少孩子的爸爸妈妈都觉得,整场会议下来,听到的反反复复全是同一个说辞。你们能不能真诚点?不要再浪费时间了。希望校方最后能清楚地给出一个解释。

校长:家长们提到的一点,我非常有感触,那就是"绝不允许霸凌的存在"。在这一点上,我们一定会努力做到"早发现,早解决"。我们也会认真关怀遭受霸凌的学生及其家长,切实做好应对工作,谢谢您的建议。

我没有做任何违法的事

主持人：还有要提问的家长吗？

家长19：请问，今天这个会是只有校长发言吗？

校长：不是的，呃，是我代表老师们讲话。

家长19：但是，我们家长这边是按个人来发言的吧。

校长：是的。

家长19：既然如此，我们也想听听其他教职工的想法。刚才不是也有家长问到教导主任了吗？也有家长问到当时的班主任了吧？请问可以让他们说说吗？

校长：可以的。

家长19：那就请他们说两句吧。

教导主任：我现在只能说，我会在第三方委员会的调查中，将所知的一切诚实地告诉他们。关于此次报道，因为牵扯到了个别案件，我没法回答。但我只想强调，我并没有做任何违法的事。我不知道接下来会不会对我进行搜查，如果有，我也会认真配合。现阶段，我能说的只有这么多。

主持人：接下来，由家长教师协会会长××发言。

家长教师协会会长：感谢大家今天参加这个紧急召开的家长说明会。具体情况其实我也尚不明确，事发紧急，我现在的看法和前面一部分提问相似。我认为，要为大家做出解释说明的校方，是在还没有足够觉悟的前提下，就召开了这次会议。我理解的是，就目前的调查进展来看，有些话能说，有些还不能，但是事出紧急，才会变成这样。那么，下一次家长说明会是什么时候？会定期召开吗？这个"时间"问题，我们目前还无法和家长们保证，但是从我个人的角度来看，也希望校方能够尽到解释说明的义务，我也会尽提醒的义务。今天让大家辛苦跑来一趟，但校方在会议中没有给出比较明确的答复，实在抱歉。恳请大家接下来仍能做出冷静的判断，将孩子们的安全、安心放在第一位去行动。再次感谢本日大家的到来。

主持人：以上就是此次家长说明会的全部内容。这么晚请大家来开家长会，非常抱歉。请大家回家路上注意安全，谢谢大家。

遭受霸凌前，就读小学高年级的爽彩画下的一幅画。"虽然没有具体问过她，但是画面左下方的线条既像城市街景，又像是心电图的波形。"（爽彩母亲）

遭受霸凌后，爽彩的画风骤变。这些画几乎是在一天内画完的。

（左）小学入学仪式上摆着Y字手势的爽彩。发型是妈妈帮她做的，爽彩似乎非常喜欢，画面中的她正高兴地望着镜头。爽彩很喜欢当时就读的小学，除了因流感休息外，她一直都拿到了全勤奖。

（下）爽彩六岁那年过七五三节时拍摄的照片。"还记得爽彩喜欢这身和服的粉色和格子花纹，这件和服也是她自己挑的。"（爽彩母亲）

幼儿园年中举办的运动会上的游戏环节。"爽彩其实很不擅长运动，但她会尽全力训练。爽彩一直是个很努力的孩子。"（爽彩母亲）

幼儿园毕业典礼上，在问到未来的梦想时，爽彩回答："我觉得闪闪亮亮的东西很漂亮，所以将来想做珠宝店老板。"大家都笑了。

（上）身穿宝宝长裙拍摄百天照时的爽彩。"爽彩小时候长得有点像男孩子，所以当时没有选粉色，而是选择了淡黄色礼服。"（爽彩母亲）

（右）一岁生日时，爽彩已经能扶着东西站起来了。"拍完这张照片后不久，她就能自己走路了。"（爽彩母亲）

文春在线编辑部按

本书在获得广濑爽彩母亲的许可后，使用了爽彩的本名以及照片。关于这一点，爽彩的母亲强烈地表达了如下意愿：

> 我希望能有更多人为爽彩在这世上努力活过的十四年作见证。她并不是简简单单地选择了死亡。我希望能通过刊登她的真实姓名和照片，让更多人知道爽彩曾经努力抗争过霸凌这一事实。

编辑部也认为，应当尽最大可能忠实还原爽彩遭遇的卑劣霸凌，因此决定在书中使用她的真名以及照片。

妈妈的亲笔信：致爽彩

爽彩，还记得吗？那是你读小学五六年级时发生的事。妈妈工作太忙，因为压力病倒了。当时妈妈躲在被窝里一直哭着说："好难受，真想死。"爽彩就凑到妈妈身边说："妈妈，你要是真想死的话，爽彩会陪你一起。别害怕，爽彩不会让你孤零零的。"你就这样一直、一直轻轻地抚摸着妈妈的头。

　　听到你那句话，我猛地清醒过来，顿时后悔极了——我怎么能当着女儿的面说出这么悲伤的话？于是，我向你道歉说："以后妈妈再也不说这种话了。"你很贴心地问我："妈妈，你是不是遇到了什么很难受的事？把工作辞掉吧，爽彩可以忍，爽彩可以不要妈妈给我买东西的。"

从那以后，妈妈重新振作了起来，但是一直到今天，妈妈还在为这件事后悔。当时，年纪那么小的爽彩对妈妈说了"爽彩不会让你孤零零的"，可现在，妈妈却没能保护好爽彩。爽彩，对不起。爽彩，请你耐心等着妈妈。妈妈也总会迷路，所以你要为妈妈带路哦。爽彩，谢谢你愿意来到妈妈身边，做妈妈的女儿。

爽彩是个爱画画的孩子

2006年9月5日，爽彩在旭川出生了。我结婚之后，二十岁那年生下了爽彩。那时我遭遇了难产，从开始阵痛起经历了四十八小时，到了医院后不眠不休了整整两天。她的出生比预产期推迟了五天，体重3384克，是个很有活力的女孩子。在新生儿观察室里，爽彩的体型要比其他的小宝宝都大一圈。原本我们想了别的名字，但在看到刚出生的爽彩之后，我忽然想要给她起个和妈妈一样以"さ"开头的名字[1]。在住院期间，我想到了"爽彩"这个名字。

我也是第一次有宝宝，育儿书上明明写着"小婴儿每隔两小时会哭一次"，可爽彩每隔短短三十分钟就要哭起来，无论是喂奶还是把爽彩抱在怀里，都不管用。妈妈那阵子睡得特别少。而且，爽彩特别讨厌走路，好不容易学会走了，又总是保持倒在地上的姿势，不愿意起来。就算说"要靠自己站起来喔"，爽彩也决不肯自己站起来，会坚持那个姿势一直等，直到有人扶她起来。

爽彩也很少睡午觉，一直到三岁还在夜啼。可能

1　爽彩在日语中的发音为"さあや"。

摇晃着会比较舒服吧，爽彩一坐进车里就能马上睡着。每当爽彩哭到深夜一点钟还停不下来的时候，为了不打扰公寓邻居休息，我就把奶和热水倒进保温壶，再带上尿不湿，大半夜在外面开车。我会让爽彩躺进儿童座椅里，然后漫无目的地在附近兜圈子。差不多兜个十分钟，爽彩就睡着了。但是，一旦停车想抱她下来，她又立刻醒了。于是，我就干脆把车子停在停车场里，给爽彩搭上小被子，发动着车子，两个人一直睡到天亮。

我在爽彩三岁那年离婚，从此开始独自一人带着爽彩生活。常听别人说，女孩子开口说话早些，但是爽彩学会说话的时间非常晚。就算会说，也是很费力地才能说出一句话，直到三岁也只能蹦出些只言片语。我当时担心极了。

然后，很突然地，有一回爽彩在画画的时候，第一次用平假名写出了自己的名字，明明没人教过她的。

我当时突然灵机一动，把手机递给爽彩。爽彩就在短信里打出了"肚子饿了"和"想吃面包"一类的话。虽然不太擅长说话，但她都能用短信表达。从那以后，爽彩甚至还会直接发短信和她的外婆对话。真的令我很惊讶。

爽彩三岁时告别尿不湿的事情，我也记得很清楚。之前从来没有让爽彩练习过拉尿。在上幼儿园前，我带着爽彩一起去挑了普通的内裤。当时问她想要哪一种，她选了一条有"光之美少女"图案的内裤。

记得我当时告诉她："要是把尿尿或者便便漏到上面，就只能丢掉它了。不过，如果你能自己用小马桶，那这条小内裤洗一洗还能再穿喔。"爽彩回答："我知道了。"于是，当天她就不再用尿不湿了。送她去幼儿园后，爽彩也逐渐开始张口说话了。

记得那时候爽彩特别爱搞恶作剧。我还很清楚地记得一个很有爽彩特色的恶作剧。

当时，我们住的那个公寓一楼是垃圾投放点。有一次，我去扔垃圾，回来的时候发现家门锁上了。因为钥匙被我放在家里，进不去门，我就在门外喊："爽彩，开门呀！"当时只能说些只言片语的爽彩在门内回答我："冰激宁。"

"冰激宁是什么？是要我买冰激凌吗？可是妈妈没有带钱包，买不了喔。"

听到我这么回答，爽彩把门稍微打开了一点点，从门缝里把我的钱包递了出来，马上又把门关上了。没办法，我之后又去买了冰激凌回来，爽彩才肯把门打开。我知道，玄关的门并不是她玩耍的时候不小心锁上的，肯定是故意的。当时我还把她的恶作剧讲给了朋友，我们笑得前仰后合。

直到爽彩离世，她一直都很爱待在房间里画画。爽彩从懂事起就是个爱画画的孩子。有时候，晚上我们一起睡下，中途醒来时，我发现她不在身边。屋子里静悄悄的，我一找，才发现爽彩正安静地在其他房间画着画。

她也会有点恶作剧般地画画，用蜡笔、马克笔、圆珠笔等等，在电视、沙发、墙面、地板、橱柜上画画。整个房间到处都是爽彩的涂鸦。我提醒她"不可以这样"，她就干脆钻到壁橱里，在壁橱内侧涂鸦。我在桌面上摆了纸张，告诉她"要在这上面画啦"，但是爽彩总是不停画出纸的边缘，画到桌子上去。当时完全看不出爽彩是在画什么，画满一面墙的时候，我还挺吃惊的。但等到画满两面墙、三面墙，我又想"就让她随心所欲地画吧"。虽然搬家的时候要全部更换墙面和地板，花了很大一笔修理费用，但是这件事真的很有爽彩的风格，是一段非常美好的回忆。

记得幼儿园亲子远足，我们一起去了旭山动物园，那一次也吃了不少苦头。爽彩的小伙伴们没一个人坐婴儿车，年纪明明更大一些的爽彩却说："我一定要坐婴儿车，不然就不去了。"爽彩是那种说过的话绝不改口的小孩，所以只好让她坐着婴儿车逛动物园。当时她已经五岁了，体重也有十七公斤，旭山动物园建在山里，有很多非常陡的坡道，可把我累坏了。

　　记得当时我问爽彩："你想去看什么呀？"爽彩说："想看长颈鹿。"可是长颈鹿住的地方在离入口比较远的山上，于是我汗流浃背地推着婴儿车带她去看了长颈鹿。接下来我又问她："还想看什么？"爽彩又说，要去入口附近看捏糖人儿，于是我又带她回到起点，去捏糖人儿的铺子那里买了兔子糖。又过了一会儿，爽彩又说："想吃便当。"可是当时时间还早。我告诉她："现在还没到吃饭的时候喔。"结果她大哭起来，闹着一定要吃。一旁的幼儿园老师看不下去了，只好说："好啦爽彩，那你就先吃午饭吧。"于是，所有人都没开始吃午饭的时候，我在地上铺了野餐用的垫子，明明是大家一起远足，结果只有我们两个人提早吃起了午饭。这一切都好似昨天刚刚发生一般，清晰地留在我的脑海中。

自从爽彩出生起，我就给她拍了很多照片。我自己只有七五三节时拍的照片，记得朋友留有很多照片，出生时的、周岁生日时的……我特别羡慕。所以，也包含这种羡慕在内吧，我一直想，"将来我要是有了宝宝，一定要给她拍很多很多照片"。所以自从爽彩出生之后，每当纪念日，比如满月的时候、百天的时候、半岁纪念的时候，我都会带她去照相馆拍照。记得当时还带她去拍了满八个月的照片。

不过，在爽彩差不多六岁左右的时候吧，她就开始特别讨厌被人拍照了。我也不好硬把她拉去照相馆，所以差不多从那时候起就不再频繁给她照相了。我其实一直想着，当时拍的那些照片，将来要是能在爽彩婚礼上做成幻灯片放出来就好了。我的这个愿望还是落空了。最终，我在爽彩的葬礼上播放了那些照片的幻灯片。

爽彩踏进小学校园后，每到休息时间就特别喜欢跑去校长室，和最喜欢的校长一起玩儿。爽彩读一年级的时候，有回我上班途中接到了学校电话说"爽彩还没来学校"。我要去找爽彩，校长便说："您是要去上班对吧，就由我们来找爽彩吧，如果找了一阵之后还没有找到她，我们再和您联系。"后来，校长很快又打电话过来说："爽彩在公园玩儿呢。"我接爽彩放学的时候去向校长道歉，校长亲切地宽慰我说："没事没事，爽彩只是想玩玩嘛。"因为这位校长特别温柔、特别值得信任，我也曾好几次去找校长谈过自己的担忧，问校长："爽彩是不是有点不太对劲？是不是应该带她去医院看看呢？"校长总是建议："什么样的小孩子都有的，我感觉没有必要带爽彩去医院呀。爽彩在学业上也并不比别的孩子迟钝，是个非常可爱的好孩子呀。"

记得这位校长退休之后，爽彩还大哭着说："我不去学校了，绝对不去了。"爽彩真的特别喜欢那位校长。

　　不过，爽彩一直是个很喜欢上学的孩子。除了因流感请假之外，几乎从来没旷过课，基本上年年都能拿到全勤奖。

　　其实爽彩特别喜欢学校，在小学低年级的时候，她曾经不小心伤到了一个男同学。除了学校规定的"集体上学日"之外，爽彩一直都是独自去上学。一个人上学的时候，爽彩总想早点到学校，所以往往会早早离开家门，在学校校门外排队等着开大门。当时一个同班的男同学插了队，爽彩就提醒他："不可以插队，要去后面好好排队！"结果那个男生被惹恼了，扯破了爽彩的供餐袋。

　　那是我给爽彩做的"面包超人"的餐袋，所以爽彩当时很受打击。随后，爽彩回敬了对方一记，把那个男生的肩膀打红了。我严肃地训斥了爽彩："伤到对方就是你做错了，必须好好跟对方道歉才行！"听到我这样讲，爽彩颤抖地哭着说："那是妈妈下班之后熬夜给我做的……"

其实，我完全是出于自己的喜好，都没有问爽彩的意见，就擅自用印了"面包超人"图案的粉色布料做了一只餐袋，而且，爽彩当时也说过"不喜欢这种图案"的……可是，爽彩还是很爱惜地一直用着这只袋子，一直到小学毕业为止，用了整整六年。

在爽彩读小学四年级的时候，我们母女之间发生了一件大事。

有一天，爽彩放学是哭着回来的。我和班主任了解了情况，听说是在学艺会上，全体排练戏剧的时候，同学们都在后台聊天，老师提醒之后也没有安静，于是，老师就生气地说："你们都别上台了，大家要先道歉。"当时班上所有同学都去和老师道歉了，但只有爽彩一个人没有去。

第二天老师问爽彩："为什么没来道歉？"爽彩说："虽然大家都在说话，但是我没有说话。"老师坚持认为爽彩需要道歉，但她就是不愿意。那天爽彩哭着回家，还说"我把老师惹生气了"。老师告诉我，"话都说到那个份上了就是不肯道歉，这孩子肯定有点问题"，并建议我带爽彩去医院查一查。

听到老师这样讲，我突然回忆起之前注意到的一些细节。爽彩很小的时候，会在上学的路上突然开始玩起来。还有一次，我是故意说气话"那你干脆别做了"，结果她真的直接听了我的话，什么都不做了。这类事情经常发生。我心怀疑虑，决心找医生问问，于是就带着爽彩去看了儿科。医生给出的诊断结果是"存在明确的发育障碍"。

爽彩在当时那个年纪就是一个措辞很成熟的孩子了。她明明还是个小孩，但会对大人用"就是说，您的意思是……"这种说法，或者"在莎士比亚的作品中有这么一句名言……"一类的话。而且，一旦谈到了自己喜欢的话题，她会自顾自地一直说下去。带她去专科医院做了韦克斯勒儿童智力量表和脑电图检查，得出的结论是"智商高于常人，但不擅长的部分仅为平均值，形成强烈的落差。这种落差也和她对不擅长的事采取的态度相关"。

爽彩被诊断为"孤独症谱系障碍"。据说，每二十个孩子里就有一个孩子患有孤独症谱系障碍。患该病的原因不明，可能是天生的脑部功能异常所致。

爽彩属于孤独症谱系障碍中的"阿斯伯格综合征"。这种病症的特征是不擅长和人交流，并且有很强的个人坚持。

例如，在医院接受检查时，医生问她："为什么人做了坏事要蹲监狱啊？"小学生通常会回答"为了好好反省"或者"因为做了坏事"。然而，爽彩回答的是："因为违反了刑法。"接下来，医生问她："为什么违反了刑法就要蹲监狱呢？"爽彩回答："因为刑法中包含有监禁刑罚的条例。"从理论角度来看，爽彩的回答是没错的，但她很难从"道德"层面去思考这些问题，也为此很是烦恼。

被诊断为阿斯伯格综合征后，医院的医生解释说，爽彩是一个"生活在自己的准则中的人"，一旦出现超出自身准则以外的事，她就无法应对。因此，为了减轻爽彩的焦躁情绪，医生给她开了比较温和的药物，每天吃一粒，并且要定期去医院，在学校和医院两边接受社交技能训练（在社会中，需要人际交流的情况下生活下去必需的技能）。

比如，碰到别人、把别人撞倒的时候应该说"对不起"。但是在爽彩的规则里，只要不是故意撞到对方的，就绝对不会道歉。对于她来说，把"对不起"说出口的时机很难掌握，有时候甚至完全开不了口。

社交技能训练是从"收到东西，要说谢谢"这类非常普通的技能一点一滴开始的。在学校这边，她平时还是和同年级的同学交流，唯独上德育课的时候会专门去特殊教育的班级，练习社交技能。

不过，爽彩的性格还是很活泼的。她读小学四年级的时候，主动说想去课外补习班。开始上补习班之后，她看上去特别开心。关于爽彩的发育障碍，当时的那位补习班校长并无异议，只是淡淡说了一句"我觉得没问题的"。后来，补习班换了校长，通知我说："我们补习班不收发育障碍的小孩。"爽彩就只好退班了。

还记得爽彩当时因为这件事哭了好久。读小学五六年级的时候，她曾经情绪失控地喊："我受不了了！我受不了这种病了！"她还一个劲儿向我控诉："妈妈快把我的病治好！求你了！"

我和爽彩说了实话："爽彩的病是没法治好的。

246

不是所有人都能理解爽彩有发育障碍这件事。但是，爽彩必须在这个世界里活下去。"爽彩听完对我说："妈妈，我想参加初中升学考试。"

我去了爽彩想念的那所中学的说明会，但是他们学校没有设立特殊教育班级，因此，无法招收发育障碍的学生。不过，我还是去找了考试辅导班，爽彩也参加了补习班的入学考试。补习班那边的人表示："你家孩子这个成绩，绝对能考上。"可最终补习班也卡在"发育障碍"这一环，爽彩也被劝退了。

如果老师没有按教科书上的顺序讲课，爽彩会特别难受。有时候，老师考虑到课程进度，会省略一些内容，告诉大家"这部分先跳过"。这时候，爽彩就会追问："为什么要跳过呢？"据老师反映，她这样经常会影响上课的进度。

虽然补习班那边不收，但是爽彩说："就算落榜也好，我就是想参加那所学校的考试。"我问她：

247

"即使没考上，爽彩也不会哭吗？也不会觉得心里受伤吗？"爽彩回答我："没上也无所谓。如果我落榜了，高中一定要考全札幌最好的，或者全旭川最好的高中。我就是想去参加一下那所初中的考试。"我想，既然爽彩愿意接受任何结果，那就让她去考吧。

考试的内容分笔试和面试，最终爽彩还是没有及格。但她看上去似乎并没有很受打击，而是很普通地接受了现实。随后，她入学了本地的 Y 初中。

遭受霸凌后，爽彩好像变了个人。她在走进初中校园前一直是个很开朗的孩子，而且很喜欢引人注目，学艺会上，她想当主角，所以主动报了主角的名。4 月开始中学生活后，她很快就当上了年级委员长和班级副委员长。

记得她还特别有干劲地对我说："初一学生还不能进入学生会，但是升上初二就可以了，到时候我要进学生会。"遵循她本人的希望，爽彩没有去特殊教育班级，而是去了普通班级，在老师们的帮助下好好努力。对这件事，爽彩自己也特别积极。

因为有阿斯伯格综合征，所以爽彩极端不擅长读取对方的感情。她听不懂同班同学开的玩笑，不明白朋友的想法，在学校时曾经情绪变差，还哭过。

爽彩曾经说过："和同学们好像处不好关系。"她特别在意这件事。上课的时候，爽彩因为药物的影响，精神有些涣散。在放学前的班会上，班主任问她："爽彩你为什么上课打瞌睡啊？"爽彩回答："因为吃药了。"

于是，班主任当着全班同学的面追问她："吃的什么药啊？你得的什么病吗？"但是，爽彩没有回答她就回家了。班主任给我打电话过来，大为光火地说："她不说得了什么病，直接就走了！"于是，我问她："您没读过爽彩小学发来的交接文件吗？"班主任回答："没看到。"也就是说，关于爽彩的病，中学班主任并未做过了解。

爽彩希望班主任和同班同学能理解自己的病，她觉得这样能帮自己和大家相处得更好，于是，她去和班主任商量说："我想把自己的发育障碍问题告诉大家。"可是，班主任拒绝了她的请求。我又跑去请求过班主任，可她以"我和教导主任谈过了，我们认为把这种病告诉大家，可能会招来歧视"为由拒绝了。我告诉她："就是因为不希望被歧视，所以才要解释给大家听。为了能让有这种发育障碍的孩子不受歧视，才需要让大家知道有患这种病的孩子存在。爽彩说，只需占用班会时间的一两分钟就好，请允许她说出来。哪怕说出来之后只有一个人理解她，爽彩也会很高兴的。"可是不论我请求了多少次，班主任都没有点头。

大概从4月份下旬起，爽彩的行为开始变得古怪。之前她一直非常喜欢去上补习班，从来没缺席过，可是补习班有一天打电话给我说"爽彩没来上课"。而且，她回家的时间也变晚了。我有些担心，给班主任打电话问："爽彩没有被霸凌吧？"班主任当天就回复我说："没有喔。"也是在那段时间，爽彩的画里开始出现匕首和眼睛，我对她说："看起来好可怕，别画这种东西了。"爽彩问我："是吗？哪里可怕了？"她的这一系列行动，都和迄今为止因阿斯伯格综合征引发的恐慌状态明显不同。

后来，五一小长假的深夜，爽彩被人喊出去见面。她表现得相当恐慌，哭喊着"我必须去"。我硬拉着她，没有让她出门。爽彩从来没有那么害怕过，情况明显不对劲。经过这一系列的事，我又去联系了班主任，可对方并没理会我。后来，爽彩告诉我说，她曾经把自己受霸凌的事情告诉了班主任，还请求对方"希望老师别把这件事告诉霸凌我的前辈"。可是，班主任当天就找了那个霸凌爽彩的学生谈话。那个高年级学生还把爽彩喊出去对质过。

从那时起，爽彩第一次提到了"想死"。问她原因，她回答说："因为实在受不了了。"我又问她："是不是被欺负了？"她回答："没事的。想死这件事，我就只是想想。"她避而不谈实情。我去找过学校很多次，但校方总是回答："她在学校什么事都没有啊，是你们家里有问题吧？"也是从那时起，爽彩开始频繁以"身体不舒服""肚子痛""头痛"等原因请假不去上学。如今再想想，她当时应该已经遭受了非常严重的霸凌。

2019 年 6 月 22 日。那一天，是我确切得知爽彩遭受霸凌的日子。

傍晚时分，学校打电话给我说："请马上到××××公园的肋骨川，爽彩打电话说需要帮助。她好像跳河了。"

当时下着雨，我急忙拿了条毛巾冲到公园。跑到公园的时候，爽彩正恐慌发作，双腿还浸在水里，大声哭喊着："够了！"有好几个中学生和小学生围到我身边，慌慌张张地说："您是爽彩同学的妈妈吗？爽彩同学有发育障碍对吧？我们开玩笑模仿她抱膝坐的姿势，结果她就突然恐慌发作，跳到河里了。"我说："只是开玩笑模仿，她是不会害怕到跳河的。在那之前发生什么了？"结果那些孩子一听我这么问，突然哗啦一下从我身边躲开，聚到一边，开始嘀嘀咕咕商量起了什么，然后就都跑去警察那边了。我想跑到河滩那边找爽彩，但是警察说太危险了，拦住了我。在等待期间，一个上了年纪的女士走近我说："我就住在河对岸，都看到了。那些孩子一定是在霸凌她。我一直在看，其中还有小孩拿手机拍她。"这位女士把她看到的情况也告诉了警方。

警方过来找我说："爽彩说她不想回家。我们得先直接带她去医院。请您坐别的车去医院吧。"随后，爽彩就坐上警方巡逻车去了医院。

按医生诊断，爽彩被送进了精神科。因为住院不能带着手机，我就收下她的手机回家了。到了那天晚上，我心中突然觉得不对劲。那些小孩一个个都称自己是"爽彩的好友""爽彩的朋友"，可是，没有一个人给她打电话或者发LINE询问情况。他们并不知道爽彩住院的事情。如果他们真的是爽彩的朋友，就应该会和她联系才对。我感觉蹊跷，于是点进了爽彩的LINE，聊天记录中还留着难以置信的霸凌对话，内容就和报道中所说的一样。那些话说得非常残忍，要我再复述一遍的话，真的太煎熬了。

　　当时已是深夜，但从4月起就开始逐渐加深的担忧令我坐立不安，我拿着爽彩的手机，跑去找了她跳河时出警的派出所。

　　"我在LINE里发现了这样一些内容，这明显就是霸凌啊！"听我这么讲，当时值班的警察回答："我明天一早会回警局，做交接的时候会替您转达的。也请您去少年课反映一下。"那天我一夜没睡，一大早就联系了学校，告诉校方我要去找警方反映情况。

接电话的教导主任对我说："您去找警察之前，先把关于霸凌的 LINE 内容给我看看吧。如果警方直接把手机扣下了，学校就无法掌握这些信息了，所以希望您去警局前先来学校一趟。"随后，我在学校把 LINE 的聊天记录给教导主任看了，他也用手机全部拍了下来。之后，我就去了警察局。我把手机交给警方，请他们开始调查。但警方告诉我，加害学生都是未成年人，所以无法受刑事处罚。最终，这些学生都没有被追究刑事责任。

我一直在思考，自己究竟能为爽彩做些什么？爽彩一定不想让大家还有我知道这些事。为了不给她造成进一步的创伤，我决定在爽彩住院期间，假装不知道她被霸凌的事。可是，万一她还遭受了猥亵……我不知道她被如何侵害、被侵害到了什么程度，万一遭性侵怀孕可怎么办？于是，我请求医院为她做妊娠试验。医生也表示"爽彩肯定不希望我们知道她被霸凌的事"，所以有意没去询问爽彩情况，而是告诉她"住院的所有女孩子都需要做常规的妊娠试验"。随即检查了她的情况，所幸，爽彩没有怀孕。

在爽彩住院期间，我每次去看她之前都要提醒自己，千万不要在她面前哭出来。爽彩住院的第二天起，我才获准进入医院。走过一条走廊就能看到病房，房门外侧装了单面可视玻璃。透过玻璃向屋内看时，我目睹到令自己极度震惊的一幕。

房间有六张榻榻米大小，有窗户，但是厕所没有墙壁遮挡，仿佛是一间单人牢房。爽彩光着身子坐在里面。屋里没有床，地上只有一条毛毯。我之前根本不知道精神科的房间会是这样，于是问院方："为什么没有床？为什么不给穿衣服？为什么连内衣都没穿？"院方回答："因为担心病人自杀，所以医生不

256

允许。"我又问："爽彩没说过想离开这儿吗？"院方回答说，从第一天一直到第二天早上为止，她一直在哭着敲门喊道："放我出去！"但到我来的时候，她已经哭累了，所以放弃再哭喊，坐回到了地上。

入院第四天，爽彩终于被转到普通病房。普通病房还是没有床，只放了一套被褥。医生仍旧不允许她穿内衣，只同意穿 T 恤和短裤。但是，她经常睡到一半就突然陷入恐慌，开始不断地重复"我必须去见 A 子前辈""我必须和 A 子前辈道歉""我必须马上和她道歉""妈妈，把我的手机还我""还我一下就好，让我给 A 子前辈发条信息吧"。好几次医生都不得不给爽彩注射药物，直到她失去意识。

爽彩住院期间，我天天都去医院陪她。跟她说些诸如"冷不冷？有没有什么想吃的？"这类不痛不痒的话。爽彩也逐渐会开口对我说"我想要笔""我想要纸张和铅笔"一类的话，但是关于霸凌的事情，她

257

始终闭口不谈。

但是，我最无法原谅的是，在家里无意中翻看爽彩的手机，我能看到霸凌她的那些孩子的最新动态。当爽彩被关进那间牢房一样的屋子里每日哭喊，那些孩子还和平时一样生活，时间线上都是他们在玩耍的样子。"你们为什么能那么开心？为什么能若无其事地去露营，去海边？"我真的控制不住自己这些情绪。没有一个加害者想过要对爽彩说句对不起，没有一个孩子来看望她，也没有一个孩子反省过自己的所作所为。

8月下旬，爽彩出院回家了。回家后，她还是和住院的时候一样，一出现"闪回"的情况就会喊着"杀了我……杀了我吧"，还试图从窗户跳下去。有时，她还会一边喊着"我想死"，一边翻着白眼开始抽搐。

稍有松懈就可能会发生意外。有时候，她明明正画着画，玩得很开心，但突然出现了闪回的情况。这种表现已经明显和阿斯伯格综合征不同了，医生的诊断是"因霸凌导致的PTSD"。

"好可怕，好可怕。""原谅我吧。""对不起。"她说得最多的就是这几句话。一进入这种状态，她就听不到别人说话了。一开始我还会问她"怎么了"，但是这种情况反复出现，久而久之，她每次发作，我就会扶她坐起身说"爽彩，咱们把药吃了吧"，然后帮她服药。吃过药后几分钟，爽彩就会睡着。

遭受霸凌前，我们哪儿都可以一起去，可在爽彩出院后，虽然我也提过带她出去买东西或者吃饭，她却说："我害怕，我怕碰到他们。"她基本上每天都把自己锁在房间里不出去。我们之间几乎很少对话，爽彩开始过起了蛰居生活。

爽彩出院后，曾经很难过地问："为什么学校要隐瞒霸凌的情况？""为什么老师要站在霸凌者那一边？"那所学校让爽彩产生这样的想法，我真的对它感到非常恼怒。

爽彩从小就是一个很喜欢学校的孩子。她喜欢学校、喜欢补习班，也喜欢老师。结果，这所学校在爽彩的心中深深种下了一颗"不信任"的种子，让爽彩看到了老师那不光彩的形象——我实在无法原谅他们。即便在住院期间，爽彩明明也那么期待，比见朋友还要更期待见到老师的。

爽彩消失那天

那一天，忽然就来了。

2021 年 2 月 13 日，傍晚六点半左右。前几天爽彩还开口提过考高中的事情，我记得自己当时很开心。结果，她却突然从家中消失了。

那天是个星期六。我和爽彩在家，约好了要一起去吃烤肉。可是五点时公司突然联系我，说有紧急资料需要处理。一开始，我本来想用家里的笔记本电脑解决，可是不太顺利。于是，我跑去公司处理。当时，我问在房间里的爽彩："妈妈要出去一个小时，很快就回来。等我回来了，我们去吃烤肉吧？"她回答说："今天就不去了。你捎份便当回来就好。路上小心喔。"然后，她目送我出了门。她当时的状态和平日并无两样。

　　大约一小时后，我刚刚完成工作，就接到了旭川东警察局打来的电话。

　　对方问我："您现在在哪里？请马上回家，把您家门打开。您能立刻赶回家吗？"

　　可能真的发生什么意外了。我急忙跑回家，发现家门口已经停了警车，还站着三位警察。我急忙打开家门，走进去后，发现屋里还亮着灯。警察让我"确认爽彩是否安全"。可是，我发现女儿房间的门虽然开着，但是人不见了。

接下来，警察才把具体情况告诉我："她似乎想要自杀，所以才离开家的。她说自己要去死。总之，我们会先展开搜索行动。您知不知道她可能去的地方？或者感觉她有可能去哪儿？我们给她打过很多次电话，但她的手机似乎没有开机。请您也给她打一下电话试试吧。"

听警察这么说，我也急忙给爽彩打电话，可是她没有开机，完全打不通。

警察问我爽彩穿了什么样的衣服。我回答说："我出门前她穿的是短裤和T恤。"不过，我看到她房间里放了一条牛仔短裤，所以我想她应该换过裤子。我又看了一下房间里，发现她的背包和长靴都没了，就告诉警方，她一定也带了这两样出门。

她的钱包留在了家中。钱包里还留着我几天前给她的零花钱。金额大约一千日元。

警方告诉我："她有可能会自己回来，所以请您在家等她。"于是，我就在家里一直等着爽彩回来。当时，室外的温度已经降到了零下，我天真地想，她应该马上就会回来了。可是，过去了一小时、两小时、三小时……我越来越不安，我不明白为什么就是找不到她。

　　过了晚上九点，危险加剧。既没有人目击爽彩的行踪，警察的搜查也没有任何成果。我不安极了。我在社交网络上发送了爽彩失踪的消息，拼命请大家帮忙寻找。警察告诉我："她出门的时候没有穿外套，今天之内没找到她的话，生存的概率就很低了。"

　　可是，我是她的妈妈，我不能放弃。我要去找她。九点后，警犬也加入搜索，可是仍旧没有找到爽彩。

　　到了深夜，我坐立难安，跑到大街上到处找她，可是，还是没有找到爽彩。

　　第二天起，警方开始用直升机扩大搜索范围，在石狩川等地做重点搜查。我父亲也加入了搜寻工作。父亲负责在街上和店内寻找。当时，警方说要我们制作搜寻用的传单，但是做到一半我就心力交瘁，传单是父亲做完的。传单在旭川站前和札幌发放，旭川市内一些店铺的后院，甚至从便利店到大商超，都配合我们张贴了寻人启事。

然而，爽彩失踪后第二天的傍晚，警方告诉我们"大规模搜索已经结束"。

"接下来会恢复到普通的工作流程里。巡逻或目击情报中如果出现了比较有利的线索，我们会进行确认的。"

不过，还有很多志愿者帮我们一起寻找爽彩。在警方的正式搜索告一段落后，每每出现目击信息，我们都会去一一确认。

推测爽彩可能会去的那个方向沿途的百货商场和便利店，也把它们的防盗摄像头记录的内容给我们看过了，但是录像里并没有出现疑似爽彩的女孩。

还有一天，早上九点左右，我们收到了两次目击报告，说在某家烤肉店门前出现了一个长得很像爽彩的女孩。于是我就守在烤肉店门口等着爽彩来。第一天没有人出现。第二天，的确有一个符合目击信息的女孩子出现了。她身高和爽彩相同，也是黑发、戴眼镜。但我看到了她的脸，完全是另一个人。

爽彩失踪第四天的时候，某个占卜师在社交网络上给我发信息，说"她还活着，你们得去东南方向找她"。还有能够灵视的人发消息说"我能看到寺庙和神社"。我们好像抓住了救命稻草，把附近的寺院、神社全都找了一遍。

我当时全身心都扑在寻找爽彩上。有另一个占卜师说："她辗转了很多地方，身边还有个男人。"可我觉得，天这么冷，比起在外面受冻，和男人在一起倒还更安全些。只要她还活着就好。我当时真的把那个占卜师的话当成了最后一根稻草。

可是，随着时间推移，目击报告中掺杂着玩笑的内容越来越多了。还有信息说，在爱情旅馆看到了她。于是，我甚至拿着传单跑到了爱情旅馆……还有情报说，她被送进市内的医院住院了。我也去问过医院，但是院方说没这回事。我到处寻找线索，什么线索都不放过。我出去找她，回家后又向最后和爽彩说过话的人发送信息，告诉对方我们正在寻找爽彩。或者登录爽彩最后在用的推特账号，寻找她过去是不是和谁提到过自己要去什么地方……我就这样每天在网上搜罗情报。

然后，到了爽彩失踪的第38天，3月23日的白天。当时，我正在和志愿者们讨论还能如何寻找爽彩。

警方打来电话说："发现了一具可能是爽彩的遗体。请您来警局确认一下。"

可是，我当时完全无法接受。我是一边想着"不会的，昨天还收到了目击信息"，一边跑去警察局的。

抵达警局之后，警察带我去了一楼延伸出来的停尸间。那屋子像一间能停进一辆车子大小的车库。爽彩被包在袋子里，脸上盖着白布，头边还摆着一个小小的祭坛似的东西。

一名警察把白布掀起来，问我："是她没错吧？"我说："没错。"可是，我感觉这一切好像都不是真的。我没有哭倒在地，没有悲痛欲绝，就只是呆呆地站在原地。她的背包、眼镜、长靴等等物品全都在那里。

据说，是一个在公园散步的人看到"雪里好像有一个像人头一样的东西"，于是发现了她。后来，我又去了那个找到爽彩的公园，还能看到雪面上留着她抱膝躺倒在地上的痕迹。

一个月没见到爽彩了，她身上很冷，整个人已经冻成了冰。皮肤的质感也像是一直在冰箱里冻着似的，变得苍白。我用右手轻轻摸了一下爽彩的脸颊，也被冻得冰冷坚硬。连头发都冻上了。

我就在这种无法理解爽彩已经离世的状态里，开始准备她的葬礼。因为新冠疫情的关系，我有点迷茫，不知道该举办普通的葬礼，还是只有家人参加的葬礼。但是我又想，爽彩在遭受霸凌后，一直孤零零地躲在自己的房间里，那至少最后这一程，能热热闹闹的就好了。

我已经看不到爽彩的成人礼和婚礼了，至少，在最后能热热闹闹的……

本来是要为遗体做防腐处理的，但由于爽彩接受了司法解剖，所以葬礼使用的干冰增加到了正常情况的两倍。我本来想让她暖和一些，可是，直到最后，爽彩都还是冻着的。我和志愿者们一起为爽彩化了妆，但是她的皮肤太冰冷了，涂不好。我们就用手把爽彩的脸焐暖一点，再为她化妆。

遭受霸凌后，爽彩成了一个没有自信的孩子。她死前曾经说过："就算爽彩死了也没人会难过，第二天所有人都会忘了我的。"

葬礼上，有超过两百人来悼念爽彩。在爽彩失踪后，有那么多的人在找她，有那么多的人在担心她，这些，我都很想让她知道。

我以前曾经幻想过，算岁数，我四十岁就可以有孙子，六十岁有曾孙，那八十岁就能看到玄孙了。我自己的身体不太好，已经无法再生育，所以一直想着以后能帮爽彩照顾孩子。以前我还想过给爽彩生个妹妹，但是爽彩总说"我不要妹妹"。

不过，唯独有一次，爽彩对我说了实话。记得她当时有些生气地哭着对我说："妈妈，你身体不好，生我的时候受了那么多罪，万一你生妹妹的时候死掉怎么办。"

事到如今，我仍旧无法接受爽彩的离开。我确认过了遗体，办过了葬礼，可是，在我内心一隅，仍然坚持认为那不是爽彩。每一天我都在对爽彩道歉。

　　爽彩，妈妈没能保护好你，对不起。如果能够实现一个愿望，我只想回到你还没有被霸凌的日子里。然后，再一次用力地紧紧抱住你。爽彩，妈妈好爱你。妈妈好想再见你。

　　　　　　　　　　　　　　　　妈妈

望 MOUNTAIN
登自己的山

主　　编｜谭宇墨凡
特约策划｜王子豪
特约编辑｜卢安琪

营销总监｜闵　婕
营销编辑｜狄洋意　　许芸茹

版权联络｜ rights@chihpub.com.cn
品牌合作｜ minjie@chihpub.com.cn

野望 SPRING
MOUNTAIN

Room 216, 2nd Floor, Building 1, Yard 31,
Guangqu Road, Chaoyang, Beijing, China